Elke Metzger

Kakunik

Roman

Herzliche Grüße
Elke

Elke Metzger

Kakunik

Roman

edition fischer
im
R. G. Fischer Verlag

Die Deutsche Bibliothek – CIP-Einheitsaufnahme

Metzger, Elke:
Kakunik : Roman / Elke Metzger. –
Frankfurt (Main) : R. G. Fischer, 1994
(Edition Fischer)
ISBN 3-89406-993-7

Orber Straße 30, D-60386 Frankfurt/Main

Satz: W. Niederland, Frankfurt/Main
Schriftart: Bookman 11' normal
Herstellung: Boscolo & Königshofer, Karlsruhe
Printed in Germany
ISBN 3-89406-993-7

Für meinen Vater Erhard Richter

Wer poliert die Sterne, Papa, fragte ich dich aus den Wolken heraus.
So weit hinaufgestiegen, fühlte ich mich auf deinen Schultern so erhoben, wie man höher nicht kommen kann – dachte ich damals.

Es sei denn, so stellte ich mir vor, man besteigt mühselig, viele Treppenstufen bewältigend, immer im Kreis der Spirale folgend, einen Turm. Mehr oder weniger atemlos oben angekommen, hat man einen schönen, vielleicht auch weiten Rundblick – auf Hügel, auf Fluten von Baumspitzen, seien sie grün wie Tannen, seien sie in allen Herbsttönen gefärbt, und am Ende hat man den Blick auf den Himmel.

Aber solch ein Turm bewegt sich nicht. Er trägt mich nicht auf seinen Schultern. Schon gar nicht am Rand des Meeres entlang, so wie du es getan hast und dabei vor dich hinpfiffst.

Auf deinen Schultern sitzend hatte ich eine Aussicht von ganz oben – auf das Meer, auf den Strand, und beides wiegte sich im Takt deiner Schritte. Es war wie der forschende Blick auf eine Landkarte, das Suchen nach den Wegen, den Grenzen und den eigenen Möglichkeiten, auf stummem Papier, das in Farben und Linien, Kreisen und Flächen und in gedruckten Worten Auskunft gibt – mehr nicht.

Ich aber hatte meinen Blick nicht auf Grenzen gerichtet, nicht auf Wege und nicht auf meine Möglichkeiten. Ich besah mir das Meer, diese nicht zählbaren, ineinander verwobenen Wassertropfen, die sich ausdehnen bis zum Horizont und sich dort weiter fortsetzen, sich den Augen entziehen und nur noch Möglichkeiten für Phantasie und Ahnungen zulassen.

An diesem Tag lag das Meer still und flach da, als wolle es sich ausruhen. Es zeigte nur wenige, dunkle Striche, der Horizont war verschwommen und ließ nicht erkennen, ob nun das Wasser an ihm entlang aufstieg oder der Himmel sich in das Wasser hinein ausbreitete. Auf jeden Fall bewegte sich kaum etwas. Nur ab und an schickte das Meer kleine Wellen, die sich geradezu schwerfällig aus der Ruhe erhoben, zum Strand hin, wo sie sich einrollten, etwas weiße Gischt um deine Füße spülten, um dann eilig wieder zurückzukehren.

Es war eine Aussicht, die das Ganze zu umfassen schien und nicht nur auf Details oder schmale Ausschnitte gerichtet war. Das Ganze als Wasser, Erde und Luft – die Unendlichkeit der Weite, die sich nicht mit Gedanken und Worten, sondern nur in Ahnungen ausdrücken läßt. Eine Unendlichkeit, die sich bewegt, davoneilt oder näherzukommen scheint und dennoch weicht, wenn das Ziel erreicht ist. Ich meine das Ziel, das wir uns gesetzt haben, sei es eine Bank, sei es ein Haus, und je näher wir diesem Ziel kommen, um so unwichtiger wird dahinter die Weite und der Horizont. Denn dann ist diese Unendlichkeit nicht mehr wichtig, im Gegenteil, sie würde uns bedrücken, so wie sie davoneilt, wenn sie dabei stets unser Ziel mit sich tragen würde. Diese Unendlichkeit hat niemand je durchschritten – es sind immer nur unsere Ziele, und es ist bedeutungslos, ob und wie weit sich dahinter die Unendlichkeit fortsetzt – wir wandern nicht durch die Zeit, wir gehen auf festen Wegen.

In dieser Unendlichkeit waren die Sterne das Ziel für meine Augen, auf die zuzugehen nicht möglich ist, die aber auch nicht davonzueilen scheinen. Sie standen still in der Weite des Himmels, der andere Anhaltspunkte auf Dauer nicht zuläßt.

Die Sterne – eine glänzende, leuchtende Ewigkeit.

Und ich, ein nicht meßbarer Teil der Erde, konnte mich an diesen Sternen festhalten, damit mir nicht schwindelig wird, wenn sich diese Erde sorglos und immer wieder um ihre eigene Achse dreht – so dachte ich mir das. Es ist wie in einem Kettenkarussell, das uns durch die Lüfte trägt, das Menschen, Bäume und Häuser an uns vorbeifliegen läßt, bis wir die Augen schließen und selbst zu fliegen meinen. Später, wenn wir unten auf dem Bretterboden der Wirklichkeit angekommen sind, müssen wir erst einmal festen Halt suchen – dafür gibt es die Sterne als festen Halt auf der sich drehenden Erde, so dachte ich. Die Sterne als fester Halt für meine Augen; es war unwichtig, daß sie am Tag nicht zu sehen sind, denn ich wußte, daß sie auf jeden Fall über mir blieben als das zuverlässige Element der Beständigkeit.

Wer mag die Sterne polieren, damit sie in den Nächten strahlen können und ihr Licht die Erde in der Dunkelheit erreicht, fragte ich mich. Ich fand keine Antwort. Aber irgend jemand muß es doch polieren, dieses besondere Silber, ging es mir immer wieder durch den Kopf, und so fragte ich dich, Papa.

Niemand poliert die Sterne, hast du gesagt,

und du hast mich nicht überzeugt. Eigentlich hatte ich dich noch fragen wollen, was hinter der Unendlichkeit kommt, aber das habe ich nicht mehr getan, wenn du schon nicht weißt, wer die Sterne poliert.

Nun bist du tot, Papa. Und ich – ich habe eine Ahnung davon, daß die Unendlichkeit alles ist, daß es ein Davor und ein Dahinter nicht gibt in diesem umfassenden Ganzen und daß sich die Unendlichkeit nicht durchschreiten läßt, bevor das Leben an seinem Ziel angekommen ist. Dieses Ziel, das so unerschütterlich feststeht wie für mich es damals die Sterne waren; jedoch nicht als Halt für die Augen, wie eine Bank, wie ein Haus oder wie ein Gartenzaun, sondern es ist die zuverlässige Gewissheit für unsere Gedanken, das Tor auf einem der vielen Wege durch die Unendlichkeit.

Du hast das Ziel erreicht, Papa, und ich frage nicht, was ist das Leben.

Ich frage auch nicht, warum sind die Tage des Lebens hintereinander gereiht und liegen nicht nebeneinander wie die Furchen auf dem Acker.

Ich frage auch nicht, warum soll das Leben hier auf der Erde lange dauern, wenn es doch so begrenzt ist, daß wir auf unserem Weg zu seinem Ziel noch nicht einmal an den Sternen vorbeikommen – ich frage nichts mehr.

Ich habe einen Kranz für deine Beerdigung, denn vorher läßt man dich nicht gehen. Und ich trage dir diesen Kranz entgegen, und der

Weg zu dir ist noch lang – dieser Weg, auf dem du mir keinen Schritt entgegenkommen wirst.

Es ist schon merkwürdig. Sofort tauche ich ein in die menschlichen Rituale zu bestimmten Gelegenheiten und habe jetzt als Ergebnis diesen Kranz und weiß eigentlich nicht so recht warum und weshalb. Denn es ist kein Siegerkranz, den ich da mühsam mit mir trage. Oder vielleicht doch?

Betrachtet man das Ende des Lebens als Niederlage, dann ist es ein Siegerkranz für den Tod, die Kapitulationserklärung vor dem Stärkeren. Aber für diesen Sieg wird der Tod nicht mit Kränzen geehrt, obwohl wir uns eigentlich vor diesem Sieger in tiefer Hochachtung verneigen müßten. Ist es nicht so, daß er stets und immer wieder Sieger bleibt, und jeder von uns die Niederlage des Lebens von vornherein kennt?

Warum also wird der Tod nicht verehrt, da er doch die zuverlässigste Kraft, die einzige absolute Sicherheit in unserem Leben darstellt – eine Gewißheit, an der sich auch nicht im leisesten zweifeln läßt? Ist es nicht der Tod, der das Salz unseres Lebens bedeutet, ohne das ein Leben schal und fade wäre?

Ich würde gerne den Kranz ablegen und mich auf die Bank dort vorne setzen. Aber dann käme ich nicht rechtzeitig zu dir, denn die Zeit läuft weiter, und da jeder Augenblick in Zeitabschnitte eingeteilt ist und wir uns nach diesen Abschnitten richten müssen, kommen wir zu spät, wenn wir ausweichen wollen, oder wir kommen zu früh, wenn wir nicht warten können.

Doch, ich setze mich einen Augenblick und lege diesen Kranz ab, der immer schwerer zu werden scheint, und ich hoffe, daß ich ihn dann wieder heben kann.

Ich setze mich also und stelle mir vor, wie es wäre, ewig zu leben – hier auf dieser Erde, als Mensch, der lebt, wie wir ein Leben nicht anders kennen. Ich stelle es mir vor, dieses Leben, das sich nicht mehr in Zeiträumen bemessen läßt, nicht mehr einzuordnen ist in den Raum von hier nach da, sondern immer weiterfließt. Liebe, Haß, Kriege, Armut und Überfluß und all das, was sonst im Leben in kleineren oder größeren Abschnitten geschieht. Das Wort *Ende* würde es nicht geben, aber es würde uns fehlen, denn das Wort *Anfang* würde bedeutungslos sein. Womit also sollten wir diesen Punkt ausdrücken, der den Raum zwischen Anfang und Schluß erst begreiflich macht, und was wird aus dem Zwischenraum? All das würde es nicht geben, es gäbe nichts mehr, das Begrenztheit bedeutet, denn dann dehnt sich das Leben ohne festen Punkt, der die Umrisse klar und die Konturen erst deutlich macht. Und wir, wir wären keine Menschen.

Der Tod als Glücksfall für das Leben? Weil er unsere Gedanken eingrenzt in den Ablauf überschaubarer Zeit, auch wenn wir den Horizont nicht erkennen können?

Der Tod ist gewiß –

aber wie gewiß ist es, daß wir ein Leben beginnen können? Wir kennen nicht die Methode, nach der das Leben auswählt und entscheidet. Du darfst ein Leben beginnen, und der Preis dafür ist dein Tod – worüber es nichts zu verhandeln gibt, denn es warten nach dir noch viele auf ein Leben. Wir kennen sie nicht, die nie gelebten Namenlosen, und wir haben auch keine Erklärung dafür, warum gerade wir ein Leben beginnen durften. Wir wissen nur um seine Begrenztheit, die jedoch nicht genau festgelegt ist wie in einem Vertrag, der die Zeit der Leistung und Gegenleistung genau bestimmt. Das Fehlen dieses Vertrages scheint es zu sein, das uns Angst macht, zumal auch die Frage nach dem, was sich hinter der Begrenzung verbirgt, nicht beantwortbar ist.

Es ist die Angst vor der Gewißheit, daß dieses Danach ein Nichts oder ein Alles sein kann. Das Nichts meinen wir nicht verdient zu haben, also wüßten wir gerne alles, und wir hätten so gern eine vertragliche Abmachung, in der jeder Punkt genau geregelt und ausgehandelt ist, denn dann könnten wir doch viel ruhiger und angenehmer leben.

Ich stelle mir vor, wie so ein noch nicht gelebtes Leben ausgehandelt wird:

»Nur für fünf Jahre soll ich auf die Welt kommen? Aber das ist doch kein Leben! Nein, das will ich nicht, dafür lohnt sich der Aufwand nicht. Der vor mir hat immerhin achtzig Jahre bekommen, und sein Leben könnte man doch etwas kürzen, so um die Hälfte vielleicht, dann hätte ich auch noch genug.«

»Der Vertrag mit dem vor dir steht fest, da gibt es nichts mehr zu ändern.«

»Nun, dann geben Sie eben dem, der nach mir kommt, etwas weniger.«

»Nach dir kommt ein Mädchen, das nur zwei Stunden leben wird. Aber vielleicht könnten wir dir statt fünf Jahre vierzig geben.«

»Vierzig Jahre – eigentlich ist das auch noch zu wenig. Verstehen Sie mich recht, ich will ja nicht habgierig erscheinen. Aber – die Kindheit ... wie sieht die denn aus?«

»Es ist Krieg.«

»Ach so, na ja, den werde ich dann wohl überleben. Jedenfalls kommt die Jugend, und ich muß alles lernen, was man zum Leben braucht, und dann, wenn ich endlich selbständig leben und arbeiten kann, Familie habe, ein schönes Haus, dann soll ich wieder gehen. Wo bleibt dann die Ernte meines Lebens, das Genießen der Früchte meiner Arbeit im Alter – und im übrigen, was wird aus meiner Familie, wenn ich so jung sterbe?«

»Eine Familie ist nicht vorgesehen, denn du wirst im Krieg durch Napalm schwer verletzt werden und nicht mehr sehr schön aussehen – nach dem Schönheitsideal der Menschen.«

»Wie, und dann soll ich so noch leben, bis ich vierzig Jahre alt bin? Was habe ich denn dann von meinem Leben?«

»Das, was du daraus machst.«

»Was, so sagen Sie mir, soll ich denn, verstümmelt wie ich bin, aus solch einem Leben machen – aus diesem jämmerlichen nutzlosen Bündel?«

»Kein Leben ist nutzlos, jedes Leben ist gleich wichtig.«

»Das glaube ich nicht, das ist nicht die Wahrheit. Wenn das so wäre, warum werden dann nicht alle anderen auch verstümmelt, warum bleiben viele unverletzt und können sich freuen über ihr langes gesundes Leben?«

»Weil deine Vorgänger Kriege und Bomben und Napalm geschaffen haben. Da muß es eben auch Opfer geben. Die Menschen wollen das so.«

»Das glaube ich nicht, was ist denn dann der Sinn des Lebens?«

»Den mußt du selbst finden.«

»Auch das noch, nein, das will ich nicht. Haben Sie denn nicht ein anderes Leben, vielleicht in einem anderen Teil der Welt?«

»Da wäre noch eine Möglichkeit, aber das wirst du auch nicht wollen; denn dort herrscht eigentlich ständig Hungersnot, und deine Chance, älter als fünf Jahre zu werden, ist gering.«

»Aber könnte ich denn nicht wenigstens zwanzig werden? Ich meine, irgendwann wird es doch dort auch wieder besser werden.«

»Nein das geht nicht, die Hungersnot dauert zu lange, und das überlebst du nicht – das Leben würde unglaubwürdig werden.«

»Ja aber, hungern denn alle auf der Welt? Und wenn nicht, warum hilft dann keiner?«

»Die anderen haben ihre eigenen Sorgen, und im übrigen befindest du dich zwischen zwei Fronten, dorthin kommen die Hilfsgüter nicht. Wenn du Waffen statt Nahrung brauchen würdest, dann wäre das einfacher.«

»Kann ich denn nicht zu denjenigen gehen, die Waffen brauchen?«

»Tut mir leid – da ist schon alles besetzt.«

»Ja gibt es denn überhaupt kein ruhiges, reiches, angenehmes und gesundes Leben, das lange dauert?«

»Solch ein Leben gibt es nicht. Im übrigen sind ähnliche Plätze auch schon besetzt, da habe ich nichts mehr frei – bei lang nicht, bei ruhig nicht, und bei gesund auch nicht.«

»Und warum nicht?«

»Wir müssen wieder Opfer auf die Welt schicken, sonst stimmt die Balance nicht.«
»Dann will ich kein Leben.«

Das Leben würde nicht stattfinden und der Tod auch nicht.

Wie dem auch sei. Es ist also kein Siegerkranz, den ich hier habe. Aber wer wird geehrt mit diesem Kranz? Der Tote, weil er das Leben erfolgreich beendet hat? Oh nein! Der Tod erscheint doch als das Versagen schlechthin, und die Schuld daran wird dem Leben zugeschoben. Denn jedes beendete Leben scheint doch viel zu kurz gewesen zu sein, hätte länger dauern müssen – nur sehr alte Menschen, die ihre Generation schon überlebt haben, die läßt man in Frieden heimgehen. Weshalb ist das bei ihnen plötzlich ein »Heimgang«? Waren sie denn unter den Lebenden nicht mehr zu Hause, schon geräumt aus der Wohnung aller Lebenden und auf der Suche nach einem neuen Heim?

Und noch eine Möglichkeit gibt es für das Leben, nicht als schuldiger Versager dazustehen.

Es sind die Kriege. Da sterben die jungen Lebenden für die Macht der anderen und den eigenen Ruhm und meist vergebens. In Kriegen – da wird kühl mit der Großzügigkeit des Todes gerechnet, denn es wird einfach unterstellt, daß der Tod in der Lage ist, all die Massen, die da auf einen Schlag anfallen, aufzunehmen. In Kriegen, da ist man sich sicher, daß der Tod sie alle nimmt – Freund und Feind – egal wie sie sich auch beklagen:

»Ich bin falsch hier, das muß ein Versehen

sein, denn ich bin doch erst zwanzig und habe noch nichts gehabt von meinem Leben!«

»Das zählt nicht - eben haben wir zweihundert Säuglinge und Kleinkinder aufgenommen. Das Krankenhaus, in dem sie lagen, ist von Bomben getroffen worden. Diese Kinder haben ein noch kürzeres Leben gehabt.«

»Aber die konnten doch noch gar nicht wissen, was das heißt - leben.«

»Darauf kommt es nicht an - es ist Krieg.«

»Aber ich habe den Krieg nicht gewollt und habe ihn auch nicht beschlossen. Ich wurde einfach losgeschickt - ob ich das will, danach hat mich keiner gefragt.«

»Für rechtliche Fragen sind wir hier nicht zuständig.«

»Können sie mich denn nicht wenigstens zurückschicken? Ich meine, hier ist doch sowieso schon alles überfüllt.«

»Das geht nicht.«

»Und warum nicht?«

»Das kann nur das Leben.«

»Wo finde ich das denn - das Leben?«

»Darüber haben wir hier keine Informationen - sie müssen warten.«

Ich fürchte, ich kann sie nicht beantworten, die Frage nach der Siegertrophäe.

Aber ich muß jetzt wirklich weiter auf meinem Weg zu dir.

Es mag der Weg zur Kapelle sein, wo du wartest, oder ist es der plötzlich so überflüssige Kranz, daß mir jeder nächste Schritt auf diesem Weg schwerer erscheint als der vorherige? Es kommt mir vor, als wolle irgend etwas mich auf die Knie zwingen.

Eigentlich ist dieser Weg schön. Und ich sollte sie genießen, diese stille Schönheit nach dem breiten Eingangstor aus der Zeit des Jugendstils. Der Weg ist breit und dick mit Kies bestreut und an beiden Seiten von alten Bäumen gesäumt, die sicherlich schon eine unendliche Prozession von Trauerzügen haben vorbeiziehen sehen, ohne davon in irgendeiner Weise beeindruckt zu sein.

Und zwischen diesen Bäumen stehen noch die alten und fast schon verwitterten Grabsteine jener Gräber, die den Anfang machten in dieser Anlage für die letzte Ruhe, wie das genannt wird. Es sind Grabsteine von Toten, die längst niemand mehr betrauert. Hier ist eine Jahreszahl: 1876. Da starb ein Eugen: der Familienname ist nicht mehr zu lesen. Mehr als ein Jahrhundert hat die Arbeit des Steinmetz ausgelöscht, aber doch noch soviel stehen lassen, daß man weiterlesen kann: »Ruhe in F«. Der Rest des Wortes nach dem »F« ist nicht mehr da und läßt somit Raum für eigene Gedanken. »Ruhe in Frieden« dürfte der Steinmetz gemeißelt haben – aber man könnte auch an »Ruhe in Freiheit« denken und damit diesem übriggebliebenen »F« einen bedeutungsschweren Sinn geben. Das aber kann nicht gemeint gewesen sein, nicht im Jahre 1876, denn das wäre schon revolutionär gewesen, und die Zensur wäre eingeschritten, zum Wohle des Steinmetz und zum Wohle des Toten, denn immerhin war der letzte Krieg erst kürzlich gewonnen worden und Glanz und Gloria des Kaiserreiches auferstanden, und die Menschen hatten zufrieden zu sein, und die Paulskirche war vergessen, und über die Reste wachte die Zensur.

Nein, nicht Freiheit – Frieden muß es heißen.

Dort vorne ist eine Bank, auf die würde ich mich jetzt gerne wieder setzen und ausruhen und mich umsehen. Die Augen entlangwandern lassen an dieser Allee der Beständigkeit. Es ist leer hier und sehr still. Ich kann sogar die Vögel in diese friedvolle Stille hineinzwitschern hören, denn der brausende Verkehr findet draußen statt. Dort, wo das Leben gelebt wird und Vögel kein Gehör finden.

Hier aber herrscht eine stille Leere – eine Leere, so wie am Nachmittag um halb fünf. Eigentlich müßten doch Trauergäste hier sein, denn die Kapelle ist schon nah. Sie müßten dort stehen und warten, schweigend oder sich in gedämpftem Moll unterhaltend – in der Weise deutlich warten, wie dies nur vor Beerdigungen geschieht. Aber niemand ist zu sehen, und ich fürchte, daß ich schon zu spät bin, denn zu früh bin ich auf keinen Fall.

Zu viele Gedanken kreisten in meinem Kopf, Fragmente von Erinnerungen stiegen hoch und lösten sich gegenseitig ab wie geplatzte Luftblasen.

Ich mußte mich hinsetzen und meinen Kopf in die Hände stützen, damit dieser sich nicht auch plötzlich auflösen würde, und ich ging in ein Café in der Nähe.

Abgesehen davon goß es noch in Strömen, und ich habe keinen Schirm bei mir und sah mich schon vor Nässe tiefend, bis auf die Haut gebadet und in Schuhen, aus denen unermüdlich das Wasser quillt, hinter deinem Sarg herschlurfen, bis zur Unkenntlichkeit durchnäßt wie ein altes Stück Karton. Ich weiß, daß dir dies nicht wichtig gewesen wäre und mir zunächst auch nicht, denn den mißbilligenden Blicken der anderen hätte ich ausweichen können. Aber nicht auf Dauer ihren Gedanken, die mich immer wieder verfolgt hätten, und zwar gerade dann, wenn meine Seele wieder in eins der vielen schwarzen Löcher gestolpert ist und es schon Mühe genug macht, da wieder herauszufinden. Immer dann fallen mir solch mißliche Gegebenheiten ein; Zufälligkeiten, die eigentlich bedeutungslos sind, aber sie lassen sich in diesem schwarzen Loch nicht überwinden. Plötzlich sind sie wichtig und jeder noch so logischen Erklärung unzugänglich – also wich ich aus in das Café.

Dieses Café ist ein typisches Beerdigungscafé. Es liegt nah am Friedhof und ist die erste Anlaufstelle für die Trauergemeinde nach der Beerdigung. Dieses Café hat eine typische, nur ihm eigene Atmosphäre. Es ist so, als wären hier die Worte: »... die Familie lädt nach der Beerdigung in das Café Soundso ein« in der Luft stehengeblieben, obwohl sie auf dem Friedhof ausgesprochen worden waren. Nach diesen Worten oder an diesen Worten entlang gehen – manche flüchten – die Teilnehmer nach dem Ende des Rituals in das Café Soundso und sind froh, daß es nun hinter ihnen liegt. Ich traf dann auch solch eine Trauergemeinde und konnte nicht verhindern, Teilen ihrer Gespräche zuzuhören. Denn sie sprachen laut, und sie sprachen sichtlich erleichtert, wie eben unter Lebenden üblich. Denn das Leben geht weiter, es nimmt wieder seine alte Geschwindigkeit auf, sobald der letzte seine drei Schaufeln Erde auf den Sarg hat fallen lassen und sich ein letztes Mal tief verneigt hat. Hier waren es die Gespräche über Politik, Steuern, Geschäfte, freudige Familienereignisse und glücklich überstandene Krankheiten – die Lebenden sind wieder unter sich und fühlen sich in Sicherheit.

Aber mitten unter ihnen spürte ich einen Raum von Stille. Eine alte Frau saß unsäglich allein und einsam unter den Gästen. In offensichtlich neue, tiefschwarze Kleider gehüllt, einen altmodischen Hut etwas achtlos auf den Kopf geschoben, saß sie da. Die kräftigen Hände, die ein Leben zeigten, das oft harte Arbeit notwendig gemacht hatte, lagen schwer und flach neben ihrem leeren Gedeck, das unbeachtet und nutzlos dastand. Sie verharrte in vollständiger Unbeweglichkeit, und selbst bei genauem Hinsehen waren Atemzüge nicht erkennbar; und sie starrte geradeaus. Sie sah nicht die Person ihr gegenüber, sie sah auch nicht die Wand dahinter, sie schien durch alles hindurch zu sehen, den Blick in die Ferne gerichtet, wo es für das menschliche Auge schon nichts mehr zu erkennen gibt – da wo sich Erde und Himmel längst getroffen haben und im Gleichklang mit der Drehung der Erde sich weit und weiter schieben, und dieser Blick folgte ihnen bis in die Unendlichkeit, als könne von dort die Hoffnung aufsteigen.

Diese Starre, diese eingefrorene Unbeweglichkeit wurde nur dadurch lebendig, daß über die blassen, dünnen Wangen der Frau langsam und unaufhörlich ein dünner Strom von Tränen floß, der sich ungehindert auf der Bluse der Frau verlief. Sie bewegte sich nicht, sie bewegte auch die Hände nicht, um etwa zu einem Taschentuch zu greifen oder sich mit dem Handrücken über die Wangen zu wischen und den Tränenstrom zu unterbrechen – die automatischen Bewegungen der Zivilisation funktionierten nicht mehr.

All dieser Schmerz, erstarrt wie im ewigen Eis, faszinierte mich auf schreckliche Weise. Wie intensiv muß diese Frau den nun begrabenen Menschen geliebt haben, fragte ich mich – entsetzt darüber, daß diese Liebe durch den Tod des einen das Leben des anderen verwüstet.

Da war kein hemmungsloses Weinen und Jammern, da war nur noch das Nichts. Und in diesem Nichts fühlte ich mich dieser Frau seltsam nahe.

Ich vergaß die Zeit und hatte dann plötzlich keine Zeit mehr, sie war mir davongeflossen, und ich hetzte hinterher. Und jetzt bin ich zu spät. Die Zeit tropfte einfach nicht mehr so zäh vor sich hin wie noch ein paar Stunden vorher, sondern sie raste davon, als müsse sie verlorenes Terrain aufholen.

Mein Kranz ist so schwer, und dieser Weg hier ist für mich einfach zu weit, für meine Kraft und für meinen Mut ist er zu lang, und wahrscheinlich hätte ich ihn erst gar nicht beginnen sollen.

Weißt du, es war wie immer. Obwohl ich eigentlich wußte, daß ich etwas beginne, das ich nicht kann, etwas, das meine Kräfte überfordert, riet mir dieser Verstand, es dennoch zu tun, denn es kann eigentlich nichts geben, was nicht zu schaffen wäre. Dann beginne ich einen Weg und merke, daß ich nicht umkehren, sondern ihn zu Ende gehen muß, weil ich das dann will und doch nicht kann und mich mit allerletzter Kraft weiterschleppe, und bisher ist es immer gutgegangen, und ich frage mich, wie lange noch. Aber hier gab es nichts zu entscheiden, es gab da kein Für und Wider abzuwägen.

Dieser Weg gehört zu meinem Leben – er ist ein Ziel, dem nun wieder ein erster Atemzug folgen wird.

Es war eine lange Reise, glaube mir, und auf dieser Reise bin ich all die Wege zu Fuß gegangen, einen Schritt vor den anderen setzend, und wie oft habe ich mir gewünscht, daß mich jemand stützt oder wenigstens führt – wo warst du, Papa?

Endlich bin ich in der Kapelle. Ich bin spät, es sind tatsächlich schon alle da.

Ich meine, die Kapelle ist gefüllt mit Menschen und mit Schweigen, nur der Pfarrer fehlt noch. Und du bist da, für alle anderen verborgen und von endgültiger Wortlosigkeit. Und ich habe den Kranz gesehen, dieses Gebilde mit gelben Blumen und weißer Schleife und dem Aufdruck: Letzter Gruß – Deine Tochter.

Und ich habe hier meinen Kranz für dich, also sind es zwei, und einer davon ist nicht von mir, aber er spricht für mich und dennoch nicht mit meinen Worten. Warum sollte ich dich ein letztes Mal grüßen – gestern erst habe ich dich gesehen.

Ich war da, als du ankamst in dieser dir unbekannten Landschaft.

Ich saß in diesem riesigen Raum, dessen Wände aus Bäumen gebildet sind; Fichten, die eng beieinander stehen und deren Zweige aussehen, als seien sie untrennbar miteinander und ineinander verwachsen. Ich war schon eine ganze Weile in diesem Raum, denn er lag auf meinem Weg zu dir. Nach und nach füllte er sich mit Leuten, die alle sehr fröhlich und festlich gekleidet waren. Es entstand eine Atmosphäre erwartungsvoller Aufregung, einer Aufregung, als ginge man zu einem großartigen Fest. Alle hatten grüne Kleider an, und diese hatten sie noch zusätzlich mit Zweigen voller grüner Blätter geschmückt, und manche hatten Hüte auf und an diese auch Zweige gesteckt; diesmal jedoch nicht nur grüne Zweige sondern auch solche mit Blüten. Und alles sah so aus, als hätte die Natur sie eingekleidet. Es wirkte nicht so, wie sich Soldaten im Wald tarnen, damit sie von ihren Feinden möglichst nicht erkannt werden – nein, dies hier waren Menschen, die das Laub, die Zweige und die Blüten benutzten, um sich zu schmücken. Und alle setzten sich erwartungsvoll hin und sprachen laut und munter miteinander, und ich hatte den Eindruck, daß viele sich lange nicht gesehen hatten, und sie hatten sich viel zu erzählen, und sie lachten. Mancher stand zwischendurch wieder auf, um zu jemand anderem zu gehen, und plötzlich sprangen alle auf und riefen etwas, das ich nicht verstehen konnte, weil alle durcheinander riefen, sie lachten, sie warfen die Arme hoch, und so mancher riß seinen Hut vom Kopf und schwenkte oder warf ihn durch die Luft. Dieser Jubel, der mit unseren kargen Worten nicht zu beschreiben ist, bedeutete, daß du nun angekommen warst. Du, auf den alle so erfreut und gespannt gewartet hatten – aber ich konnte dich nicht sehen, denn ich war ganz hinten, und die Leute vor mir und die fliegenden Hüte versperrten mir die Sicht.

Ich ging durch die Baumwand hinaus und wartete, bis du alle begrüßt hattest – und vielleicht könnte ich dich dann schon treffen.

Du kamst mit den anderen heraus, getragen auf dieser Welle der Freude und sahst sehr glücklich aus und gingst an mir vorbei.

Meine Zeit war kurz, denn bis dahin war ich schon von sehr weit hergekommen, und der Weg zu dir war für mich heute länger als für dich. Trotzdem nahm ich mir noch etwas aus meinem Vorrat an Zeit, der zwar nicht bemessen ist, doch soll man sorgfältig damit umgehen, und ich ging noch ein Stück hinter dir und den anderen her, und es fiel niemandem auf, daß ich mich nicht wie sie mit Zweigen und Blättern und Blüten geschmückt hatte. Für sie alle ist das unwichtig, und niemand fragte mich, was ich da wolle und ob ich eingeladen sei – solche Dinge spielen keine Rolle mehr – nur ich mußte wissen, warum ich da war.

Dann bist du mit den anderen über die flache, grüne Wiese gegangen, und ich verbarg mich an einem Abhang unter einer Brücke und sah dir zu. Du hast dich angeregt mit jemandem unterhalten, hast die Atmosphäre sichtlich genossen und warst lebhaft, als sei dies dein erster Schultag oder das erste Rendezvous oder was auch immer Neues in deinem Leben.

Als du nah an mir vorbeikamst, da habe ich die Hand ausgestreckt, aber du hast mich nicht wahrgenommen. Du hast gelacht und warst entspannt, wie ich dich nie gesehen habe – deine Gesichtshaut war glatt, und deine Augen strahlten. Der Mann neben dir, mit dem du sprachst, gab dir einen Zettel, der aussah wie ein Programmheft (du weißt inzwischen, daß es die Wegbeschreibung war), und du schobst den Zettel in die Innentasche deines Jacketts und gingst locker, mit leichten, ausgreifenden Schritten weiter, mit kräftiger Stimme sprechend, als wärst du nie krank gewesen und hättest nie Schwierigkeiten gehabt, genug Luft zu bekommen, und müßtest dir keine Sorgen machen, daß dein Herz die Belastung nicht aushält.

Ich weiß also, wo ich dich finden kann – warum sollte ich eine stumme Schleife mit toten Worten bedrucken lassen? Besieh dir meinen Kranz, den ich bis hierher getragen habe – es ist die Unauflöslichkeit von Anfang und Ende, die Einheit von Hell und Dunkel eines Tages.

Ich werde mich jetzt hier neben dich setzen.

Ich bin müde – die Schritte auf dieser Erde wiegen schwer – gib mir deine Hand, Papa.

Von hier aus können wir sie uns ansehen – alle, die zu deiner Beerdigung gekommen sind – und wir werden sie erkennen. Laß uns nachsehen.

Nein, sprich von dir, erzähl mir, wo du all die Zeit gewesen bist, du warst so lange fort, viel zu lange, sagst du.

War ich wirklich so lange fort? Was bedeutet dieser Begriff »lange Zeit«, mir bedeutet er nichts, die Zeit an sich auch nicht, ob sie nun lang oder kurz sein soll.

Aber wenn ich darüber nachdenke, dann kannst du recht haben, denn ich glaube, ich brauchte lange, bis ich Kakunik gefunden hatte, und ich weiß auch nicht mehr, wann genau ich mich aufmachte, um ihn zu suchen.

Damals, in diesem Irgendwann, verließ ich die Enge nicht zugelassener Gedanken, ging hin zur grenzenlosen Freiheit der Phantasie.

Ich bin eingetaucht in die Welt der Gedankenmeere, deren unendliche Tiefe und Weite in nur einem Leben gar nicht erfaßt werden kann. Bis dahin war es ein Nichts, das sich Leben nannte – ein Nichts, kaum anders als vom Wind weggeblasene Staubkörner – sie fliegen hoch, stieben auseinander und lassen sich irgendwo nieder, wo man sie nicht wiederfinden kann; vermengt mit anderen Staubkörnern, die auch wieder weggeblasen werden und nur für die Zeitspanne existieren, die es braucht, bis der Wind sie durch die Luft gewirbelt hat, bis sie an anderer Stelle auf den nächsten Wind warten oder auf den nächsten Regenguß, der sie mit all dem Unrat eines ganzen Tages in die Kanalisation schwemmt.

Ich aber warte nicht auf einen Windstoß und auch nicht auf einen Regenguß.

Ich warte überhaupt nicht.

Ich lebe wie Kakunik.

Wer Kakunik ist, möchtest du wissen, und hast deinen typischen Blick wie immer, wenn du befürchtest, deine Tochter könnte auf die schiefe Bahn geraten, weil das, was sie dir erzählt so seltsam klingt und gar nicht in den üblichen Ablauf eines braven Menschen passt – essen, schlafen und arbeiten, ein bißchen Freude hier, ein bißchen Freude da,

Schmerz und Trauer und eines Tages zur letzten Ruhe gebettet werden. Nein, Papa, es ist nicht die schiefe Bahn – es ist das Leben, wenn ich dir von Kakunik erzähle.

Kakunik war ein Jäger. Ein Jäger, der in jedes Land paßt, und der sich in jeder Zeit wiederfinden läßt – im Bärenfell, in seidenen Beinkleidern und Perücke, im schwarzen Anzug und mit steifem, hohem Hut, in einem schnellen Auto oder Flugzeug und vielleicht sogar bald auf Geschäftsreisen in Richtung Mond.

Kakunik lebte also in einem Land, in dem sich viele von der Jagd ernähren und sehr gut davon leben können und reich davon werden und es sich wohlergehen lassen in all ihrem Reichtum. Sie sehen nicht nach rechts, sie sehen nicht nach links, und Gedanken machen sie sich dabei schon gar nicht. Eigentlich hatte Kakunik Glück, in einem solchen Land geboren zu sein, denn jeder hatte dort seine Chance, vorausgesetzt er war ein guter Jäger.

Kakunik war jedoch kein guter Jäger. Er hatte keine ruhige Hand, er hatte auch keine harten, scharfen Augen, und er hatte ein Gewissen, und im übrigen wurde er von den anderen für dumm gehalten, was ihn mutlos machte. Aber Kakunik gab nicht auf, und er war fleißig, und er ging unermüdlich auf die Jagd, und ebenso fleißig, wie er war, so mager war seine Beute.

So kam es, daß er eines Tages abgemagert, fast verhungert auf einem Stein saß und sich fragte, warum bin ich – ausgerechnet ich – als Mensch auf diese Welt gekommen? Wäre ich doch ein Bär oder ein Vogel, dann hätte ich es gut. Alle anderen sind erfolgreiche Jäger, sie jagen soviel sie wollen und sind reich und haben schöne Pelze und immer genug zu essen und können sich die schönsten Häuser bauen und werden hoch geachtet. Und was habe ich? Ein durchlöchertes Fell, einen knurrenden Magen und eine Hütte, durch die der Regen fließt. Kakunik seufzte tief und wünschte, er könne jetzt schon sterben, damit dieses erbärmliche Leben ein Ende haben möge. Plötzlich aber hörte er eine Stimme neben sich: Kakunik, sei nicht traurig, dir geht es sehr viel besser als all den anderen, denn du liebst diese Welt.

Das macht mich aber nicht satt, antwortete Kakunik mürrisch.

Dafür habe ich dir etwas mitgebracht, sagte die Stimme aus dem Nirgendwo, ich habe hier ein paar Pfeile für dich.

Ach ja, Pfeile habe ich auch. Daran liegt es nicht, wehrte Kakunik ab und versuchte vergeblich, eine Person zu dieser Stimme auszumachen.

Es sind aber besondere Pfeile, denn mit diesen Pfeilen triffst du immer und sofort. Jedoch darfst du sie nur dann benutzen, wenn du wirklich hungrig bist, und in diesem Augenblick wird solch ein Pfeil auf deinem Bogen glänzen wie Gold und das Ziel treffen wie von allein. Du wirst stets genug zu essen haben und genug von alldem, was du wirklich brauchst. Dann mußt du nicht mehr den ganzen Tag damit verbringen zu jagen, sondern du kannst deine Hütte reparieren und es dir gut gehen lassen.

Aber bedenke Kakunik – wenn du mit diesen Pfeilen jagen willst, ohne daß du hungrig bist, und nur, weil du wünschst, daß sich die anderen auch vor dir verneigen und dich nicht mehr für dumm halten, dann werden diese Pfeile als Steine zu Boden fallen, und es wird dir schlechter gehen als zuvor. Wenn du dich an diese Bedingung hältst, dann wirst du ein wunderbares Leben haben.

Achte gut auf diese Pfeile, sagte die Stimme abschließend und verschwand, ohne abzuwarten, ob Kakunik auf diese Bedingung eingehen würde.

Aber was gab es da noch zu überlegen, denn vor ihm lag nun ein Köcher mit Pfeilen, die sich allerdings nicht von den seinen unterschieden. Kakunik war hungrig, seit Tagen hatte er nur ein paar Wurzeln gegessen, und so sprach er zu sich: selbst wenn ich das alles nur geträumt haben sollte, dann werde ich mit diesen Pfeilen ebenso schlecht treffen wie bisher. Wenn die Stimme aber die Wahrheit gesagt hat – ich werde sehen.

Und Kakunik ging auf die Jagd, und alles traf zu, was die Stimme ihm prophezeit hatte. Nun hatte er bald genug zu essen, er konnte seine Hütte reparieren, und er konnte seine Zeit damit verbringen, wann immer er es wollte durch die Wälder zu streifen, den Kreislauf der Jahreszeiten beobachten, dem Konzert der Vögel zuhören, in der Sonne sitzen und den Wolken auf ihrem Weg nach Irgendwo zusehen und in der Nacht den Sternenhimmel betrachten, und so manches Mal wünschte er sich, dort oben bei diesen Sternen zu sein und auf diese Erde, die er so sehr liebte, hinuntersehen zu können. Aber nie wurde es ihm wichtig, daß andere sich vor ihm verneigen.

So hat Kakunik die Lebensmusik gefunden, und nach einem langen Leben hier auf der

Erde wurde ihm sein sehnlichster Wunsch erfüllt – und seither ist Kakunik dort oben bei den Sternen.

Immer dann, wenn die Menschen unten auf der Erde einen Stern blinken sehen, ist es Kakunik, der diesen Stern poliert und ihn zum Glänzen und Strahlen bringt, und die Menschen können in tiefer Nacht ihren Weg finden.«

Und ich, Papa habe mich nach einer Nacht des Grauens aufgemacht, Kakunik zu suchen, und ich ging durch die Bäume des tief verschneiten Winterwaldes hindurch.

Aber sieh mal – dort sitzt ja der Anlaß des Grauens. Bisher hat sie ihre Handschuhe in den Händen gedreht und gedankenlos betrachtet, jetzt sieht sie auf.

Ihr Gesicht hat sich nicht verändert, irgendwann ist ihre Haut zu poliertem Marmor geworden und kalt und glatt geblieben. Das Leben hat es nicht geschafft, dieses Gesicht zu prägen – alles, was ein Leben zu bieten hat, ist daran abgeglitten, ohne irgendwelche Spuren zu hinterlassen –

an dieser Härte ist jedes Leben gescheitert.

Sie sieht in unsere Richtung, sie sieht durch uns hindurch und an dir vorbei. Ihr unsteter Blick aus diesen Augen wie gefrorenes Gletscherwasser streift kurz und emotionslos den Sarg und flattert hin zum Nelkenschmuck auf dem Deckel – es ist so, als überprüfe sie als Gastgeberin einer Abendgesellschaft die festliche Tischdekoration. Alles scheint in Ordnung zu sein, und ihr unsteter

Blick flattert weiter über die Kränze deiner Freunde und saugt sich dort an einem besonders aufwendigen Exemplar fest.

Und sieh mal, neben ihr sitzt Joana. Gekleidet und aufgeputzt mit allen Attributen des Wohlstands, versucht sie, ihr Gesicht hinter einer Maske von Schminke zu verbergen – und dennoch können selbst die sorgfältig rot bemalten Lippen nicht verbergen, daß diese Maske eben nichts weiter als eine Maske ist – vor das wahre Gesicht geschoben, um nicht erkannt zu werden, weil das Entsetzen der anderen zu groß sein würde.

Aber diese Maske verbirgt nichts von der unendlichen Bitterkeit dahinter. Diese zieht sich in einer steilen, tiefgefrästen Furche zwischen den wohlgeordneten Augenbrauen hindurch, dann entlang der müden Lider, weiter in tiefen Kerben von den Nasenflügeln zum Mund hin, und es sieht so aus, als könne nur größte Anstrengung verhindern, daß dieses Gesicht ins Bodenlose abrutscht.

Was hilft da die Maske, wenn das Gesicht eine andere Sprache spricht. Die Schminke reicht zur Täuschung nicht mehr aus, der Clown hat sich ungewollt abgeschminkt. Das Gesicht hat die Krücken verlassen, sehr wohl wissend, daß es Hilfe nicht mehr gibt. Es hat sich selbständig gemacht und gibt nun unverhinderbar und schamlos Auskunft. Die Äußerlichkeit ist nichts mehr wert, wie die plötzlich rostig gewordene Kehrseite einer Münze, deren Glanz bis eben noch beeindrucken konnte.

Jetzt sieht Joana auf – sie sieht in unsere Richtung, und ein tiefes, ungläubiges Erstaunen wächst in ihrem Gesicht und fließt durch ihre Augen und macht sie strahlend schön – es ist, als ob sie uns erkennt. Aber gleich verschließt sich ihr Gesicht wieder und läßt sich fallen in die tiefen Kerben ihres Lebens.

Ein kleines Mädchen, noch nicht groß genug, um den Lichtschalter an der Wand neben der Tür erreichen zu können, liegt in einem Bett aus weißlackiertem Metall. Dieses Bett steht allein in einem hellen Zimmer, die Matratze und die Bettdecke sind weiß bezogen, und man sieht ein kleines, blasses Gesicht mit geschlossenen Augen und tiefblauen Ringen unter diesen Augen, und das Gesicht hat die gleiche Farbe wie das weiße Laken und der Verband um den Kopf. Nur an den Stirnseiten sind hier und da ein paar wenige, dünne Haare zu erkennen, die blond oder auch braun sein können, je nachdem, wie das Sonnenlicht durch das Fenster fällt. Nichts rührt sich in diesem Zimmer, nur manchmal, da tanzen ein paar Staubkörner auf einem Sonnenstrahl, der durch die Ritzen der sorgfältig geschlossenen Jalousie seinen Weg quer durch den Raum genommen hat, am Nachmittag, wenn die Sommerhitze drückend wird.

Das kleine Mädchen liegt im Koma, wie die Ärzte den Zustand eines Menschen zwischen Leben und Tod nennen, zwischen nicht leben können und nicht sterben wollen oder dürfen.

Es sind Wochen vergangen seit diesem grauenhaften Ereignis. Die Kopfwunden heilen gut und waren auch nicht so bedrohlich, und die beiden kleinen gebrochenen Finger sind, bis auf eine leichte, bleibende Krümmung, wieder in Ordnung.

Klavierspielerin wird sie damit nicht werden können, sagen die Ärzte munter und versuchen damit ihre tiefe Sorge zu überspielen, daß dieses kleine Mädchen nicht aufwacht. Denn nach medizinischem Ermessen gibt es eigentlich keinen Grund dafür, daß dieses Kind nicht aufwacht, und der Gedanke, daß dieses Mädchen nie wieder etwas wird tun können, falls sein Zustand unverändert bleibt, macht die Ärzte bitter und läßt sie an ihrem Wissen zweifeln.

Sie wissen nicht, daß es das Grauen ist, das Entsetzen über das, was das Kind erlebt hat – in wenigen Minuten wurde ihr Vertrauen in diese Welt und in die Menschen völlig zerstört – und nun braucht das Leben Zeit, um mit sich selbst Rat zu halten; es muß sich entscheiden, was mit diesem kleinen Menschen geschehen soll, der in das bodenlose Loch des verlorenen Vertrauens gefallen ist, wo das Entsetzen nie aufhört.

Das Leben hat erst einmal das Bewußtsein des Kindes ausgeschaltet, denn die Erinnerung und die darin enthaltene Wahrheit sind zu schrecklich, als daß damit ein Weiterleben möglich wäre.

Das Leben mußte sich schnell entscheiden und hat das auch getan, aber jetzt weiß es nicht weiter – was tun mit diesem Kind, fragt es sich unablässig. Das Leben fühlt sich hilflos, und es hätte nicht viel gefehlt, und es hätte sich mit dem Tod beraten – aber was würde das schon nützen?

Der Tod hat zu solchen Fragen keine Meinung, warum soll er sich auch um die Fragen des Lebens kümmern. Er nimmt, was das Leben ihm bringt, er ist auf alles eingerichtet, und Gedanken über das Leben all derer, die er aufnimmt, macht er sich nie. Wie sie gelebt haben und wie lange, ob sie bedeutend waren oder Versager oder zum sogenannten Durchschnitt gehörten, welche Träume sie hatten und ob sie diese verwirklichen konnten, ob sie glücklich waren oder in Angst und Schrecken lebten – das alles interessiert ihn nicht, denn all das gehörte zu ihrem Leben, und dafür ist er nicht zuständig. Sich mit ihm zu beraten, wäre also sinnlos – das Leben hat die Entscheidung allein zu treffen.

Das Kind liegt im Koma, und das Leben nimmt sich Zeit, über seine Entscheidung nachzudenken. Ich werde diesem Kind ein zweites Leben geben, sagt sich das Leben, ja, ich werde es ein zweites Leben beginnen lassen, denn die wenigen Jahre, die das Kind bisher gelebt hat, die zählen nicht so sehr, auf jeden Fall erscheinen sie mir nicht unersetzlich. Das Kind ist intelligent, und es wird alles, was es jetzt vergißt, neu lernen können, denn wichtig ist allein, daß es alles vergißt.

Ich muß die Erinnerung auslöschen, so als habe das Kind bisher nicht gelebt – allerdings ist es dafür schon fast zu alt. Dennoch, die Erinnerung muß verschwinden, denn sonst besteht die Gefahr, daß sich dieser Verstand zu weit vorwagen würde in seiner Neugier auf noch mehr Erinnerung – mehr als das wenige, was ich dem Kind lassen könnte, sagt sich das Leben und fühlt sich noch immer hilflos. Es plant lediglich in großen Zügen, für die Einzelheiten sind die Menschen selbst zuständig, und mit solch einer Einzelheit hatte das Leben für das kleine Kind nicht gerechnet.

Wenn ich ihm die Erinnerung nehme, denn muß ich ihm auch das Vertrauen nehmen – aber ohne Vertrauen kann ein Mensch nicht leben, also was tun? Ich glaube, ich werde diesem Kind nur ein wenig Vertrauen mitgeben, gerade so viel, daß es reicht, um zu leben, und dazu werde ich ihm ein Gefühl geben, das es warnt, das dafür sorgt, daß es sehr früh vorsichtig wird, denn das Kind wird wieder dahin zurückkommen, wo diese Person ist, die das alles angerichtet hat, und dann muß das Kind gewarnt sein, es soll wissen, daß es auszuweichen hat. Vertrauen zu dem Vater werde ich ihm geben – ja, ich werde es dem Vater näher rücken, er ist zwar schwach, aber er liebt das Kind – das wird ihm helfen.

Und die verlorene Erinnerung werde ich durch mehr Kraft ersetzen – ja, ich glaube, dies ist gut. Eine Kraft, die das Kind nicht aufgeben läßt – es muß die Kraft sein, die es immer aufs neue Ruhe und Frieden finden läßt. Ich meine den Frieden, der mit den Sinnen aufgenommen wird und der dann nach innen fließt, wenn es den Himmel ansieht, den Duft der Blumen riecht oder den Vögeln zuhört – ich meine diese stille Ruhe, die gelassen macht. Vielleicht geht dann alles gut – ich meine, so gut, wie ein menschliches Leben gut gehen kann.

Ich werde es versuchen – das kleine Mädchen soll leben, sagt sich das Leben müde, aber erleichtert.

Das kleine Mädchen ist aufgewacht, und nach einigen Wochen – oder waren es Monate – steht es rundgefüttert in einer Wohnung neben einem Fenster und kann sich nicht erinnern, aber es lächelt. Ein Lächeln, wie es alte Leute haben, die zufrieden in der Märzsonne sitzen und sich freuen, daß sie noch einen Frühling erleben dürfen, denn jeder Frühling, jeder Sommer, jeder Herbst und jeder Winter kann der letzte sein. Ein solches Lächeln hat dieses Kind auf seinen fest geschlossenen Lippen, und seine Augen blicken in das Nirgendwo.

Jemand hat diesem kleinen, dicken Mädchen eine große Schleife in die kurzen dünnen Haare gebunden – eine Schleife, die sich wie ein großer weißer Schmetterling am Kopf des Mädchens niedergelassen hat und ganz und gar nicht zu ihm passt.

Jemand hat dem Kind ein neues buntes Wollkleid mit kurzen Ärmeln, die mit einer roten Kordel verziert sind, angezogen – und das Kind lächelt nun, weil ihm im neuen Kleid erst kalt war, denn immerhin ist es Weihnachten und nicht Sommer, und jemand ihm darum einen Pullover mit langen Ärmeln darunter gezogen hat. Dem Kind wurde warm, und nun lächelt es zufrieden.

Es weiß nicht, daß wegen dieser Pulloverärmel das neue bunte Kleid nicht mehr sehr schön aussieht – das Mädchen weiß nur, daß es Joana heißt.

Joana hält eine große, steife, neue Puppe im Arm. Doch eigentlich hält sie die Puppe nicht fest, jemand hat sie ihr in den Arm gestellt, und Joana hat sie behalten und geht nun mit ihrem runden Gesicht, das unter den Augen noch immer blaue Schatten zeigt, ganz nah an das steife Gesicht der Puppe und sieht dieser Puppe in die perfekt gemalten Augen, Augen so schön und gleichmäßig in ihrer toten Leere, wie das Leben sie nie erschaffen würde. Aber Joana sieht ernsthaft suchend in diese Augen, als könne dieses leblose Gebilde Antworten auf Fragen geben, die das Kind nicht zu formulieren weiß.

Das Kind kann sich nicht erinnern, was eine Puppe ist, und als man es auffordert, damit zu spielen, da weiß es nicht, was spielen bedeutet, und es hält die Puppe achtlos mit zwei Fingern fest, weil jemand ein Foto von ihm und der Puppe machen will. Danach legt Joana die Puppe weg und hat sie vergessen und erinnert sich auch später nicht mehr, daß sie je eine Puppe gehabt hat, denn andere Dinge sind wichtiger.

Für Joana ist es wichtig, sehr viel wichtiger, herauszufinden, wo diese schöne bunte, ohne scharfe Konturen geschaffene Welt geblieben ist, in der sie so lange gelebt hat. Eine Welt wunderschöner Farben, die alle ineinanderflossen und sich dennoch abgrenzten. Ein herrliches, tiefes Rot breitete sich aus zu einem großen Ball oder See und langsam, zunächst kaum merklich, ging es über in ein helleres Rot, dazu mischte sich ein wenig Gelb, das hinein floß in die Ränder des Rot und sich in diesem ausbreitete und es färbte bis zu einem lichten Orange, und auch dieses zog weiter und wurde heller, und dazu mischte sieh ein dünner Fluß in Weiß, den das Orange freudig aufnahm, und es wurde heller und heller und das Gelb trat wieder deutlich hervor, dazu kam das Blau des Himmels, und es entstand eine grüne Wiese, über die Joana schwebte wie ein Schmetterling, und all die Farben unter ihr sahen aus wie Sommerblumen, die einander umschlungen halten, denn Joana war mit dem Blau gekommen, das mal stärker gefärbt, mal dünn und fast weiß über dieser Farbenwiese schwebte.

Und all die Farben waren leuchtend und hell, und es war die Welt des Lichts und der Wärme.

Nichts konnte Joana geschehen in dieser Welt des Lichts, die sie durchschwebte, und sie fühlte sich ohne Angst und Gefahren, und sie fühlte sich sicher, auch wenn sie zwischen den Schattenbäumen schwebte, die sich in ihrem warmen Braun mit der bunten Wiese verbunden hatten, und nichts verdunkelte diese Welt, wenn sich weiche Berge von Wolken in durchsichtigem Weiß darüberlegten, damit sich Joana ausruhen und in dem lichten Blau des Himmels versinken konnte. Denn sie wußte, und dieses Wissen war unerschütterlich, daß diese Welt, die sich im steten Fluß der Farben bewegte, ihr erhalten bleiben würde.

Joana wachte auf, sie öffnete die Augen und besah sich erstaunt die weiß getünchte Wand des Zimmers, und der dünne Faden Sonnenstrahl, der sich durch die Ritzen der Jalousie gestohlen hatte, brannte ihr in den Augen, die sie wieder schloß, denn sie wollte ihre Weit der Farben und des sanften Lichts wieder sehen.

Aber da hatte das Leben schon entschieden, und diese Welt der Farben wurde Joanas Erinnerung – die einzige, die sie mitbrachte in ihre Gegenwart. Eine Erinnerung, die jedoch immer da ist, und in die sich Joana zurückziehen kann, wann immer sie möchte; stets dann, wenn die wirkliche Welt zu kalt und fremd und bedrohlich auf sie wirkt. Und nach jedem Rückzug ist sie wieder in der Lage, sich ganz vorsichtig in diese wirkliche Welt hinein zu tasten, denn bald weiß sie, daß sie darin leben und alles lernen muß, was diese wirkliche Welt von ihr verlangt. Nein, eigentlich fordert sie nicht diese Welt – die Menschen verlangen von Joana, und Joana lernt, und die Menschen sind zufrieden, und Joana zieht sich wieder zurück in ihre Erinnerung. Und nur dann, wenn sie die Rinde eines Baumes betrachtet und sich fragt, was wohl unter seiner Haut sein mag, wenn er noch lebt und nicht zu totem Holz gemacht wurde, dann spürt sie, daß hier ihre Erinnerung sehr viel Ähnlichkeit mit der Wirklichkeit hat.

Manchmal darf Joana mitkommen, wenn die anderen in den Wald fahren, um Pilze zu sammeln. Jemand setzt Joana dort auf das Moos unter einem Baum, und Joana soll dort sitzen bleiben, bis die anderen genügend Pilze gesammelt haben. Und Joana bleibt sitzen, denn da gibt es etwas, was sie vor den Menschen warnt, und es ist besser zu tun, was sie sagen, denn Joana fühlt sich schwach – und Joana gilt als braves Kind. Aber es ist für sie nicht wichtig, ob sie da sitzen bleiben muß oder will, denn sie fühlt sich wohl auf dem weichen Moos. Erst fährt sie mit ihren Handflächen darüber, und unter diesen sinkt das Moos etwas ein, gibt nach und wird dann wieder prall, dann zieht Joana ihre Schuhe und

Strümpfe aus und schiebt ihre Zehen so tief wie es nur geht in das Polster aus Moos und spürt eine kühle Feuchte darin und fühlt sich wohl, denn es ist ein heißer Sommertag.

Wenn Joana am Abend in ihrem Bett liegt, dann hört sie durch das offene Fenster den Wind und sieht zu, wie er die weiße Gardine bauscht und hin- und herschiebt, und sie saugt den Geruch des Sommers tief in sich ein, denn dieser Geruch gehört zu ihrer Welt der konturlosen Farben. Joana kann den Geruch des Sommers nicht beschreiben – auch nicht den Geruch des Winters oder des Herbstes oder des Frühlings. Aber könnte man solche Gerüche wirklich nachahmen, dann würde Joana jeden sofort und richtig erkennen.

Sie kann nicht viel mit den Beschreibungen der Menschen vom Geruch des Sommers anfangen, denn das, was die Leute beschreiben, das ist nichts weiter als ein reifes Kornfeld im Sonnenlicht oder eine gerade abgemähte Wiese. Das aber hat nichts mit dem Geruch des Sommers zu tun, sondern mit der Tatsache, daß im Winter, wenn sich die Leute an den Sommer erinnern und seine Wärme herbeiwünschen, kein Getreide auf dem Feld reift und auch kein Gras zu Heu gemacht wird – es sind ganz schlichte Tatsachen, welche die Menschen glauben lassen, daß sie den Geruch des Sommers kennen.

Aber so riecht der Sommer nicht, und außerdem kann man diesen Geruch nicht beschreiben, denn dann könnte man ihn auch künstlich herstellen, und die Menschen würden den Sommer beherrschen und den Winter und die anderen Jahreszeiten auch.

Mitten im Winter, wenn der Schnee fast einen halben Meter hoch liegt, und es kalt ist und der Schnee im Sonnenlicht glitzert, dann würden die Menschen den Sommergeruch wehen lassen, damit sie ihn sich vorstellen können, um dann weniger zu frieren. So aber müssen sie ihre eigenen Düfte herstellen und wenn der Zeitgeist friedlich ist, dann duften diese Parfüms nach Rosen oder Lavendel, ist der Zeitgeist aber aggressiv, weil die Menschen glauben, daß es ihnen nicht gut genug geht, dann ist dieses Parfüm billig und schäbig und riecht wie aggressive Gedanken, und es macht anderen Angst, und diese nimmt die Luft zum atmen. Allergie nennen das dann die Menschen und machen sich daran, nutzlose Medizinen zu erfinden, die den fürchterlichen Geruch dieses Zeitgeistparfums erträglich machen sollen.

Joana kennt den Geruch des Sommers, aber sie erzählt das niemandem, denn er gehört zu ihrer Farbenwelt ohne scharfe Konturen, und sie nimmt den Geruch der Jahreszeiten, den der Wind ihr bringt, tief in sich auf und fühlt Ruhe und Frieden und möchte dem Wind dafür danken – aber da ist er schon wieder weg.

Joana liebt die Stimmen der Vögel. In der Schule lernt sie, wie die einzelnen Vogelarten heißen und aussehen;

sie lernt, weshalb die Vögel fliegen können;

sie lernt, daß ihre Knochen fast so leicht sind wie ihre Federn;

sie lernt, daß es Vögel gibt, die im Herbst bis nach Afrika fliegen, weil sie hier die Kälte nicht vertragen, und daß es andere gibt, die im Winter hierbleiben und sich gegen die Winterkälte aufplustern, als würden sie einen Mantel überziehen.

Gewissenhaft lernt Joana alles über die Vögel auswendig – und vergißt es dann.

Die Namen der Vögel sind ihr nicht wichtig – und die Vögel machen auf sie zudem den Eindruck, als ob es ihnen völlig gleichgültig wäre, daß die Menschen ihnen Namen, sei es in Latein, sei es in einer anderen Sprache, die nicht die der Forscher ist, geben.

Joana liebt die Vögel; sie liebt ihre Stimmen, sie liebt ihren Gesang, und sie liebt ihre Symphonien. Ein Orchester, das ohne Dirigenten zu spielen scheint, so lange es nur Freude daran hat. Und irgendwann, da machen sich die Trompeten davon, etwas später auch die Streicher, und die wenigen, die zurückbleiben in der abgebrochenen Symphonie nutzen die Zeit, um sich in Gesängen zu üben, welche Joana später in den Fugen von Bach wiederzuerkennen glaubt.

Mit meinem Atem sauge ich den Gesang der Vögel ein, sagt sie sich, und dieser Gesang bleibt in mir.

Mit meinem Atem sauge ich die Wärme des Sommers ein, den Geruch der Blumen und der Bäume.

Mit meinen Augen sauge ich die Farben der Blumen und der Blätter auf, und all das formt sich zu Träumen, und in diesen Träumen sind meine Hoffnungen verborgen.

Im Frühjahr geht Joana in den Park oder in den Blumengarten und hockt sich am Morgen still neben die Tulpen, denn es ist die Zeit, da sie schon hoch genug gewachsen sind mit ihren fest geschlossenen Köpfen, die noch so grün sind wie ihre Blätter und Stengel und kerzengerade zum Himmel sehen. Manchmal hat Joana Glück, dann kommt sie zur richtigen Zeit, aus dem noch kühlen Morgen wird ein warmer Sonnentag und sie kann zusehen, wie sich die Tulpen in wenigen Stunden von innen her selbst anmalen; ihre Köpfe werden rot oder gelb oder weiß, und für Joana ist das ein Wunder, das direkt aus ihrer Welt der Farben kommt – nur hier zerfließen die Farben nicht. Das Rot breitet sich nicht aus und mischt sich auch nicht mit dem Braun der Erde oder dem Gelb der Narzissen und auch nicht mit dem Weiß der Schneeglöckchen, die schon länger blühen.

Joana bewundert die Farben der Tulpen.

Aber die schönste Blume ist für sie der Löwenzahn. Um ihn zu sehen, muß sie nicht in den Park gehen und auch nicht in den Blumengarten, denn dort findet sie den Löwenzahn kaum. Sonst wächst er überall. Wenn sich zwischen den Ritzen der Steinplatten der Fußwege genug Staub gesammelt hat, dann läßt sich da ein Samenkorn nieder, und etwas später zwängt sich ein Löwenzahn hervor und wächst zur Sonne hin und hat wunderbar kräftige, grüne Blätter mit gezahnten Kanten und hat diesen prallen, sattgelben Kopf – so gelb, als habe er darin die Wärme der Sonne eingefangen.

Joana liebt es, diesem Löwenzahn immer wieder sanft über den Kopf zu streichen, und er nimmt das gelassen hin. Er ist nicht empfindlich, und seine Blüten fallen auch nicht ab vor Schreck, denn er ist keine Züchtung, die dadurch schwach und schwächer wird, ihn züchtet niemand, und ihn will auch keiner. Löwenzahn ist in guten Zeiten nichts weiter als lästiges Unkraut, das aus den schön gepflegten Gärten herausgerissen wird und auch nicht im Park zwischen den edlen Rosensträuchern wachsen darf. Dabei ist er doch so zäh und so kräftig, und wenn es regnet, dann klappt er seinen Kopf zusammen wie ein gefaltetes Dach.

Eines Tages aber, da klappt er seinen Kopf nicht mehr auf, er verharrt in diesem Zustand, als würde er überlegen, was er mit seinen Blüten noch anfangen könnte, denn sie so einfach auf den Boden fallen zu lassen, das wäre Verschwendung, und das gefällt dem Löwenzahn nicht, denn er ist sparsam und ein karges Leben gewöhnt.

Ein paar Tage später, da hat er sich gewandelt – auf dem langen Stiel ist aus dem prallen, gelben Kopf ein zarter durchsichtiger Ball geworden – wie einen Schneeball balanciert er ihn auf dem Stengel und läßt ihn sich vom Wind oder von Joana wegpusten, und dieser Ball löst sich auf in viele, kleine Federn, und diese fliegen davon und lassen sich dort nieder, wo eigentlich kein Platz für Blumen ist.

Er ist so zäh und widersteht den Vernichtungsversuchen der Menschen, die sich mühen, seine kräftigen Wurzeln aus der Erde zu ziehen und es doch nie endgültig schaffen, oder sie lassen sich verschiedene Gifte einfallen, mit welchen sie ihn besprühen und damit doch nichts erreichen.

Es sei denn, die Zeiten sind schlecht – da kramen die Menschen ihre Bücher hervor, da fragen sie die Alten, die schon schlechte Zeiten erlebt hatten, und sie erfahren, daß alle Teile dieser Pflanze eßbar und gesund sind. Sie machen aus den Blättern Salat, stellen aus den Blüten Wein her, manche machen sogar aus den Blättern Kräuterbier; sie erfahren, daß sich in den Wurzeln viele Vitamine und Mineralstoffe befinden und produzieren aus Blättern, Blüten und Wurzeln eine Medizin. Wenn sie dann noch Blüten übrig haben, kochen sie diese weich und nehmen das Wasser zur Reinigung der Haut, und aus den übrigen Wurzeln und Blättern stellen sie ein Mittel her, mit dem sie ihre Wolle färben.

Das alles geschieht in schlechten Zeiten, danach wird der Löwenzahn wieder zum Unkraut erklärt, das es zu vernichten gilt. Er läßt sich jedoch nie endgültig vernichten, er bleibt standhaft, denn er weiß, daß die Menschen ihn eines Tages wieder brauchen werden, und dafür ist er da. Die Vergeßlichkeit der Menschen nimmt er stoisch hin, und Dank erwartet er nicht, denn er gibt – wenn auch die meiste Zeit vergeblich.

Ist das die Liebe, fragt sich Joana.

Die Liebe, die sich nur auf einen einzigen Sinn konzentriert, dabei anspruchslos und stark und zäh ist, die sich hingebungsvoll verschenkt und doch so oft zurückgewiesen wird?

Die Liebe, die weiß, daß sie gebraucht wird, die weiß, daß ohne sie ein Leben nicht möglich ist – gerade dann, wenn sie dringend gebraucht wird, wenn es eine Katastrophe wäre, hätte sie sich inzwischen enttäuscht und für immer zurückgezogen.

Die Liebe und der Löwenzahn haben viel gemeinsam, allerdings ist es einfacher, den Menschen die Liebe abzugewöhnen, als den Löwenzahn zu vernichten. Er übersteht alle Vernichtungsversuche und erkennt daran, daß die Menschen gute Zeiten haben. Er bleibt – schlechte Zeiten sind den Menschen gewiß; in guten Zeiten sind sie verschwenderisch und rücksichtslos und eigensüchtig, und wenn sie alles ausgeschöpft haben, dann werden sie auch den Löwenzahn wieder brauchen – seine Blätter für ihren Salat, die Wurzeln für ihre Medizin – und all das, was sie in guten Zeiten verachten, werden sie dankbar annehmen – und danach, wenn die schlechten Zeiten überwunden sind, dann werden sie ihre ganze Phantasie wieder darauf verwenden, ihren Retter mit Stumpf und Stiel auszurotten – und so wird es wieder und wieder sein.

Denn mit der ursprünglichen Erkenntnis, daß eins und eins zwei ergibt und daß es nach der Dunkelheit wieder hell wird und daß Feuer wärmt und nicht kühlt, hat der Mensch die Welt erobert und hält sie besetzt und verehrt seinen Verstand – und der Löwenzahn bleibt trotzdem.

Joana aber würde niemandem erzählen, wie sehr sie den Löwenzahn liebt und seine Kraft verehrt.

Neben dem Löwenzahn liebt Joana noch die Schnecken – die langen, fast weißen mit den großen Fühlern und dem wunderschönen Haus auf ihrem Rücken. Sie laufen nicht schnell weg, und sie haben einen unendlichen Vorrat an Zeit. Joana kann einer Schnecke, die auf dem Weg zum Gemüsegarten in Richtung Kopfsalat ist, eine sehr lange Geschichte erzählen und ihr auch noch einige Lieder vorsingen und ihr vielleicht auch noch mit vielen Worten erklären, daß der Gemüsegarten für die Schnecke, noch dazu in der Nähe der kleinen Salatpflanzen, lebensgefährlich ist – und in dieser langen Zeit ist die Schnecke vielleicht gerade so weit gelaufen, wie Joanas Fuß lang ist.

Die Schnecke läßt sich nicht beirren, Gefahren schrecken sie nicht, von einem nicht erkennbaren Drang gezogen, bewegt sie sich und ihr wunderschönes Haus zu den jungen Salatpflanzen, und dort wird sie irgendwann einmal ankommen, und dort wird sie die Wut der Menschen erleben, die ganz und gar nicht bereit sind, mit einer Schnecke ihren Salat zu teilen, und sie wird ihre Vernichtungsaktion nicht überleben.

Es sei denn, sie hat für ihren Weg so lange gebraucht, daß der Salat abgeerntet ist, die Menschen ihn gegessen haben, ohne teilen zu müssen – dann kann sie die Reste haben, und auch das scheint ihr völlig gleichgültig zu sein. Hat sie keine Angst, die Schnecke?

Sie, deren Art es schon seit dem Kambrium gibt, und eigentlich müßte ihr die Welt gehören und nicht den Menschen, die sehr viel später kamen und Holzstücke zu Pfeil und Bogen machten und Schwerter zu Pflugscharen machen wollen und selten das meinen, was sie sagen, denkt Joana und erzählt dies auch der Schnecke, die aber auch dazu schweigt und ihres Wegs zieht.

Jeder Vogel fliegt davon, wenn der Mensch kommt, jedes Eichhörnchen springt rasch auf den nächsten Baum, und die Schlange verkriecht sich unter einem Stein, denn sie alle fühlen sich nicht geliebt von den Herren der Erde – nur der Schnecke scheint das egal zu sein. Sie zieht ihren Weg, mag der Fuß, der sie zertreten wird, auch noch so nah sein. Sie braucht kein Ziel, sie muß nicht von hier nach da kommen und dazu ihr Nest verlassen und wieder dorthin zurückfinden. Ist es die Ziellosigkeit, die ihr Ruhe und Gemächlichkeit verleihen, fragt sich Joana und hält einen ihrer Finger etwas entfernt vor die Fühler der Schnecke und ist überrascht. Die Schnecke spürt Joanas Finger, sie fährt einen der Fühler ein winziges Stück ein, der andere wird länger und länger, jedenfalls sieht das so aus, und beginnt sich nach allen Seiten zu drehen, ist sich nicht sicher, ob tatsächlich Gefahr droht, aber dann zieht sich die Schnecke doch vorsichtshalber etwas in den Schutz ihres Hauses zurück.

Du kannst das ja wie ein U-Boot, lacht Joana – und siehst du, alles was die Menschen erfinden, das hat das Leben schon vor Millionen von Jahren geschaffen; und dann hat es die Menschen geschaffen und zuletzt ihren Verstand – und jetzt fragt sich das Leben, was diese Menschen wohl alles können. Es ist nicht viel, nicht wahr, denn die Menschen brauchen lange, um zu begreifen, ihr Verstand verstellt ihnen den Blick auf die Dinge.

Das alles berührt die Schnecke nicht, mit unbeirrbarer Langsamkeit zieht sie auf ihrem Weg weiter, und mag der Fuß, der sie zertreten wird, noch so nah sein. Sie zieht sich zurück in ihr Haus und ist dort, wo andere erst einen weiten Weg hin zurückfinden müssen. Ist es diese Art von Ziellosigkeit, die ihr Ruhe und Gemächlichkeit gibt – das ganze Leben als ein einziges, stets erreichtes Ziel, worin an den Tod nicht gedacht wird?

Kann die Schnecke den Himmel sehen, fragt sich Joana und legt sich in das hohe Gras und staunt, wie kräftig so ein Grashalm ist und wie wunderschön der Himmel aussieht, wenn er durch die Blütenblätter einer Margerite zu sehen ist.

Kann das auch eine Schnecke sehen, und was hält sie von einem Baum, der auf sie wirken muß wie auf uns Menschen der höchste Wolkenkratzer? Solch ein Baum scheint die Schnecke überhaupt nicht zu beeindrucken. Sie steigt, langsam wie immer, den Baumstamm hoch, und ob sie je oben ankommen wird, das ist ungewiß. Abgesehen davon ist es unmöglich herauszufinden, was einer Schnecke oben, ganz oben oder unten bedeuten mag – die Schnecke schweigt und zieht ihres Wegs. Jeder Weg ist ihr Weg, sie besitzt die Welt, und es ist nicht wichtig, ob sie drei Tage oder fünf Wochen braucht, um von hier nach da zu kommen.

Wenn Joana neben einer Schnecke sitzt, dann taucht sie ein in ihre Welt der Farben, und Ruhe breitet sich in ihr aus und Vergessen, denn mit nach innen gerichtetem Blick kann sie sich besser zurechtfinden, als mit dem auf die Wirklichkeit gerichteten. Denn da sind sie nicht, ihre Farben –

alles ist genau abgegrenzt. Wo der Rasen aufhören soll, da hört das Grün auf, wie mit der Schere abgeschnitten, die Straßen sind grau, die Häuser weiß und manchmal farbig, und jedes Jahr sind andere Farben modern, und am häßlichsten sind die Farben, welche die Menschen mit ihren Maschinen mischen, um ihr Leben damit zu lackieren. Das ist das

Grün eines Tannenwaldes, sagen sie und sind stolz auf ihre Mischung, in die sie ihr Auto, ihre Schuhe und noch vieles mehr getaucht haben. Und dann fährt so ein Stück Tannenwald über die Straßen, und die Menschen haben die Vision, daß die Tannenwälder überflüssig sind – das können wir selbst.

Und Joana versteht die Menschen noch immer nicht.

Und die Menschen geraten in Streit – die einen sagen, wir brauchen die Wälder um zu leben – die anderen sagen, wir brauchen Straßen für unsere Autos und Häuser und Städte. Und niemand fragt die Tiere, stellt Joana fest.

Dumme Joana, wie will man die Tiere fragen, komm raus aus deiner Traumwelt und sieh die Realität – das Leben ist Kampf, träumen kannst du in der Nacht, und außerdem gehört den Tieren hier gar nichts. Uns, den Menschen gehört die Welt, verstehst du, und auch die Tiere gehören uns. Im übrigen richten wir ihnen ein paar schöne Reservate ein, und dort können sie ungestört und in Freiheit leben.

So wie die Indianer, fragt Joana, und bekommt keine Antwort.

Das Leben hat sich geirrt. Joana kann die in Vergessenheit versunkenen Jahre nicht wirklich aufholen. Sie lernt zwar aufs neue, was es zu lernen gibt, aber ihr fehlt ein großes Stück des Bodens, der Erfahrung genannt wird – jeder Tag gelebten Lebens ist in der Theorie nicht nachholbar.

Andererseits hat das Leben recht – Joana ist intelligent und ihr Verstand erfaßt schnell – aber ihre Ahnungen und ihr Wissen aus der Farbenwelt geben ihr Fragen nach dem Sinn auf, die sie mit ihren Erfahrungen, die nur aus der Farbenwelt kommen, nicht beantworten kann.

Joana ist nicht dumm, aber lebensuntüchtig, sagen die Leute, und ihre Lehrer schütteln bedeutsam die Köpfe, denn ihre Weisheit ist nur an das Normale gewöhnt – und unter Joanas Deutschaufsätzen steht oft, sie seien unverständlich.

Verstehen muß man das Leben – und Joana vergräbt sich in das Leben anderer Menschen, um dieses, ihr so fremde Leben zu verstehen. Sie verschlingt Biographien. Staatsmänner (die mußten doch ganz sicher normal sein), Königinnen (die vielleicht weniger, denn sie wurden das automatisch, wenn sie so lange lebten) und Dichter (die mit Sicherheit) faszinieren sie. Es sind nicht deren Erfolge, obwohl ihr der notwendige Zusammenhang zwischen Macht und Wille schon klar ist. Wichtig ist ihr die Frage, wie haben sie gelebt. Wie haben sie einen Tag begonnen, wie haben sie ihre Zeit verbracht, wenn sie mit sich allein waren, was haben sie wirklich gedacht und hinter ihrem Lächeln verborgen und hinter ihren Worten – wovon haben sie geträumt, wenn sie in sich hineinsahen?

Dumme Joana – als würden über die Träume von Menschen Biographien geschrieben; es sei denn, ihre Träume waren die von Macht, und haben sie diese Macht erreicht, dann sprechen sie glücklich von ihren erfüllten Träumen – zum Wohle der Menschheit, versteht sich.

Du mußt lebenstüchtig sein, du mußt (hörst du, müssen und nicht dürfen!) wie alle anderen sein. Diese Forderung nach Normalsein hämmert so lange auf Joana ein, daß sie eines Tages beschließt, sich ganz und gar in ihre Welt der Farben zurückzuziehen.

Aber das Leben hatte zu Recht auf ihren Verstand vertraut. Dieser Verstand beginnt nun, an Joana zu zerren und sie zurückzuhalten, er erkennt die Gefahr, und seine Aufgabe sieht er in ihrer und damit seiner Rettung. Er gestattet ihr noch nicht einmal mehr einen Ausflug in ihre Welt der Farben – bleib hier! schreit der Verstand jedes Mal empört und angstvoll auf, wenn Joana sich zurückziehen will, selbst wenn es nur zu einem kurzen Atemholen sein soll. Bleib hier, sonst sind wir verloren, schreit er.

Und irgendwann vergißt Joana ihre Farbenwelt – sie betrachtet den Löwenzahn, wie er sich im Frühling auf den Wiesen ausbreitet und kann sich nicht erklären, warum Trauer sie erfüllt.

Sie erinnert sich nicht mehr.

In dieser Zeit beginnen sich die Furchen in ihr Gesicht zu graben, ihre Augen werden leblos und grau, wie der von Regen eingetrübte Himmel, der Blick nach innen ist für immer versperrt – und Joana funktioniert. Niemand sagt mehr, du mußt normal sein.

Jetzt sitzt Joana hier, ein weiter Weg liegt hinter ihr, und für diesen kurzen Augenblick scheint die Welt der Farben in ihre Erinnerung durchgebrochen zu sein, wie ein Löwenzahn durch die Ritzen zweier Steinplatten – die Erinnerung und mit ihr die Erkenntnis von einem nicht gelebten Leben.

Das Leben hat sich geirrt – bei all seinen Überlegungen hat es übersehen, daß es die Menschen sind, die dem Leben einen anderen Sinn gegeben haben, als dies vom Leben selbst irgendwann einmal vorgesehen war. Den Sinn mußt du selbst finden, sagt das Leben und meint, jedes Leben hat einen anderen, nur ihm eigenen Sinn. Aber das Leben ist nicht mehr zeitgemäß. Die Menschen haben längst andere Vorstellungen vom Sinn des Lebens – und hätte dies das Leben inzwischen begriffen, dann würde es schon aufgehört haben, Schnecken und Löwenzahn und Spinnen und Fliegen auf die Erde zu schicken, und würde sich vielmehr darauf beschränken, nur das leben zu lassen, was dem Menschen nützlich erscheint.

Das Leben könnte sich darauf beschränken, jedes Jahr – etwa um die Weihnachtszeit – eine neue Wunschliste entgegenzunehmen. Dann würde es begreifen, daß sich die Menschen längst weit von dem entfernt haben, was das Leben mit »leben« meint – oder hatte sich das Leben nicht ausreichend um die Gestaltung des Menschen gekümmert? Hat es gedacht, das kann ich dem Hofnarren überlassen, denn was kann so ein Mensch schon anrichten.

Der Mensch – fliegen kann er nicht, schwimmen wie ein Fisch kann er nicht, so schnell laufen wie ein Hund kann er auch nicht, außerdem ist er krankheitsanfälliger als alle anderen Arten. Warum also soll ich mich selbst darum kümmern, und das Leben hat sich mit der Gestaltung dessen beschäftigt, was der Mensch Natur nennt, ohne sich selbst einzubeziehen.

Aber das Leben hat den Verstand übersehen, oder nicht daran gedacht, daß nur ein Narr glauben kann, daß sich der Verstand an das hält, woran er sich halten sollte. Das Leben begreift noch immer nicht, was der Mensch damit anrichten kann – hätte das Leben dies begriffen, dann hätte es sich vielleicht damals, als Joana im Koma lag, doch mit dem Tod beraten –

oder seinen Hofnarren wegen Unfähigkeit entlassen.

Aber ich wollte dir ja von jener Nacht erzählen, Papa.

Diese Nacht des Grauens, auf die wie immer ein Tag folgte, als wäre nichts geschehen, ging zu Ende, und der Tag begann mit einem Morgenrot von unbeschreibbarer Schönheit. Dieses Morgenrot fesselte mich in seiner Unbeirrbarkeit und Unabhängigkeit von allem, was unser Leben hier unten auf der Erde darstellt. Es ist gleichgültig, wie ich mich fühle, dachte ich – ob ich hier lebe oder nicht, ob ich weine oder lache, ob ich gerade sterbe oder meinen ersten Atemzug mache –

wenn die Zeit für ein Morgenrot gekommen ist, dann ist es da, wobei es überhaupt nicht darauf ankommt, ob es jemand wahrnimmt oder überhaupt jemand da ist, der es wahrnehmen kann – das Morgenrot taucht die Welt in Schönheit.

Warum also sollte ich bleiben, ich konnte mich ebenso gut aufmachen, um Kakunik und seine Lebensmusik zu finden. Bevor ich ging, da sah ich dich im Nirgendwo stehen, gekleidet wie zum Kirchgang, den Hut in der

Hand. Du hast mich lange und forschend und nachdenklich angesehen, dann hobst du den Arm, winktest langsam und einsam mit dem Hut und bist danach ebenso langsam und einsam in der Nebelwand, die sich vor dich schob, verschwunden.

Wir haben Abschied genommen, und du, Papa, gabst mir deine Zustimmung.

Noch während das Morgenrot die Welt färbte, da ging ich durch die Bäume des tief verschneiten Winterwaldes. Das Innere dieser Bäume ist warm – mir war, als würde ich das Innere dieser Erde durchschreiten auf meinem Weg zu Kakunik – und der Weg war lang und nahm viel aus dem Vorrat an Zeit, den diese Welt hat.

Endlich hat das Harmonium aufgehört, mit gedämpften Tönen in unsere Gedanken zu dringen, abzulenken von den eigenen Gedanken, die nicht weitergedacht werden können, da sie von der dahingetragenen Melodie überlagert und in den Hintergrund gedrängt werden und höchstens wie Nebelfetzen, die sich zwischen Bäumstämmen verfangen haben, ab und an zum Vorschein kommen.

Es scheint so, daß dieser Zeitabschnitt der ungewohnten Stille ausgefüllt werden soll, damit diese besondere Art von Stille sich nicht unerträglich über die Anwesenden senkt wie ein Leichentuch, unter dem sie zu ersticken fürchten – jetzt, da sie dem Tod, dem Ende eines Lebens so endgültig gegenüber sitzen, dieser Tatsache, der sie sonst aus dem Weg gehen, so gut, wie sie nur können.

Abgesehen davon sind die Bänke an sich schon hart genug, denn wenn man sich anlehnt, dann drückt die harte Lehne unbarmherzig in den Rücken, so daß der Kopf sich senkt und die Gedanken nur quälend weiterfließen.

Nelli Braunschweig dort rechts macht das alles gar nichts aus, siehst du? Sie ist diese Bänke gewohnt – Sonntag für Sonntag, Weihnachten für Weihnachten, Ostern für Ostern und wenn es sonst noch Anlässe gibt, bewohnt sie diese Bänke. Jetzt sitzt sie hier und wartet – wartet darauf, daß sie die entsprechenden Lieder schmettern kann, sitzt da und füllt mit ihrer Breitseite fast die halbe Bank und weiß genau, welche Lieder jetzt gefragt sind, denn sie kennt sie alle. Sie wäre auch durchaus in der Lage, sofort und richtig in jeden Choral hineinzusingen.

Als Kinder waren wir von ihren Fähigkeiten aber überhaupt nicht beeindruckt, sondern sie war eine stete Quelle der Erheiterung für uns, allerdings bot sie uns auch Sicherheit mit ihrem breiten Rücken und ihrem lauten Gesang – dahinter konnten wir uns unterhalten oder lachen – über was auch immer. Die Freude war leider stets nur kurz, denn während der Predigt schlief die gute Nelli ein. Oh Nelli, wievielen Konfirmandengenerationen magst du mit deinem breiten Rücken Dekkung gegeben haben – und liebenswert bliebst du immer.

Nicht wie diese kauzige Lise, deren rechter Glaube sie schon fast den Anstand vergessen ließ. Kannst du dich erinnern, Papa? Damals, bei einem Abendmahl hatte ich dich begleitet und als die Damen vom Chor an der Reihe waren, sich ihr Brot zu holen, ging diese Lise kauend zu ihrem Platz zurück, als der Gesang wieder einsetzte, und sie sang mit vollem Mund, den sie vorher wohl nicht hatte voll genug bekommen können, und ihr fielen Stücke davon wieder aus dem Mund, und ich verbarg mich hinter Nellis Rücken und ihrem Gesang und lachte hemmungslos, und du, du hast die Welt nicht mehr verstanden.

Siehst du, Papa, Nelli hat keine Furcht, nichts bedrückt sie – sie kam, um für dich ihre Lieder zu schmettern. Und ich fürchte, Frau Grenzlich neben ihr wird von der Bank fallen, wenn Nelli gleich loslegt. Heute hat sich Frau Grenzlich eine Kappe mit einer Vielzahl von dünnen Federn aufgesetzt, und diese Federn schwingen hundertfach im Takt mit ihrem zitternden Kopf, und sie sitzt da wie ein Marabu in gesammelter Mißbilligung. Aber das ist auch nicht neu, das ist in all den Jahrzehnten ihres gelebten Lebens gleichgeblieben. Stets schüttelte sie über alles und jeden den Kopf, und niemand lebt ihrer Meinung nach so, wie es sein soll, wobei sie nie erklärt hat, was dieses Es nun wirklich darstellt. Sie mißbilligte und ließ es dabei bewenden, und jetzt kramt sie unablässig in ihrer Handtasche, als suche sie darin den Ausweg aus dieser bedrückenden Misere.

Neben ihr, da sitzt Alois-Heinrich Breit, die Hände weit weg von sich auf seinem Bauch gefaltet. Er kennt die Weltlage, oh ja. Und er spricht so oft in vielen, eindrucksvollen Worten vom Niedergang der Humanität. Nun sitzt er da und kann über seinen Bauch hinweg nicht sehen, wo er seine Füße und das Ende seiner Mundwinkel auf dem Boden abgestellt hat. Ihn geht das alles nichts an, das Leben anderer nicht und deren Tod schon gar nicht. Was mag er denken? Sieh mal, Papa – er denkt nichts, buchstäblich nichts.

Das ist mir nicht neu, sagst du. Gut dann laß uns weiter sehen.

Eine Reihe dahinter, dort sitzt Paula Neulich. Während sie einen tragischen Ausdruck auf ihrem Gesicht balanciert, kreisen ihre Gedanken um das Zentrum der Welt – um Paula Neulich.

Dabei wollte sie heute extra für dich, so betonte sie unter Tränen, musizieren. Aber weißt du, der Pfarrer meint es gut mit dir, und er ist ein Freund der Musik, und deshalb hat er abgelehnt.

Der Pfarrer ist jetzt fast unbemerkt hereingekommen und hat die Kanzel betreten. Eine richtige Kanzel ist das eigentlich nicht, eher ein Stehpult. Keine Kanzel, wie wir sie von den Kirchenbauten vergangener Jahrhunderte her kennen. Dort muß die Kanzel über eine Reihe von Treppen erklommen werden – und dann sehen die Menschen unten auf ihren Bänken, wenn sie die Hälse recken und den Kopf zurücklegen, den Pfarrer über sich schweben, und im Zustand des emporgehobenen Seins, scheint er das Wort von oben nach unten zu verkünden – ein Stellvertreter – wer wollte da noch zweifeln.

Als Kind hatte ich große Ehrfurcht vor diesen Kanzeln. Ich weiß noch, wie ich eines Wochentags allein in solch einer Kirche war. Da wagte ich mich weit nach vorne in die Nähe des Altars und stand plötzlich neben dieser Treppe, die zur Kanzel führt. Ich hätte mir so sehr gern die Kirche von da oben angesehen, wollte einen Blick hinunterwerfen, feststellen, wie klein die Bänke erscheinen mochten und mir vorstellen, wie winzig und unwichtig die Menschen dort unten wirken würden.

Aber ich wagte noch nicht einmal, einen Fuß auf die unterste Stufe zu setzen, denn ich hatte Angst, eine Faust würde mich zurückreißen, und eine Stimme aus dem hohen Gewölbe würde mich andonnern – mach, daß du hier wegkommst, du hast hier nichts zu suchen, ab in die Hölle mit dir und zwar sofort.

Meine Knie begannen zu zittern vor Angst, mein Körper schlotterte vor Kälte, die so plötzlich über mich hereingebrochen war wie ein zusammengefallenes Gebälk, und ich rannte davon. Raus, nur weg von diesem Ort, der mir überdeutlich zeigte, wo erbarmungslos gerichtet wird – ich bringe euch das Schwert und nicht den Frieden, und mit diesem Schwert wollte ich mich nun doch nicht anlegen.

Ich glaube, auch heute noch wäre ich nicht in der Lage, die Stufen zu solch einer Kanzel zu erklimmen. Und wenn, dann würde mir da oben schwindlig werden, ich bekäme Höhenangst und würde mich keineswegs den Sternen nah fühlen, sondern den sicheren Boden dort unten vermissen. Vielleicht würde ich mich ähnlich fühlen, wie bei meiner kindlichen Reise im Paternoster –

eine Reise durch Himmel und Hölle, wobei sich beide Orte nur dadurch unterschieden, daß der eine oben und der andere unten war.

Erinnerst du dich?

Ich wollte dich aus deinem Büro abholen und fand nicht den Treppenaufgang, dafür sah ich ständig Leute in offene, übereinander gestapelte, sich ohne anzuhalten nach oben oder nach unten bewegende Kästen steigen, um sich nach oben oder unten tragen zu lassen. Es war spannend zu sehen, wie die Menschen, in Abschnitte zerlegt, verschwanden.

Fuhren sie nach oben, dann fehlte bald der Kopf, und kopflos fuhren sie weiter, bis nur noch die Füße zu sehen waren und wenig später nichts mehr von ihnen – sie verschwanden stückweise.

Fuhren sie nach unten, dann war es umgekehrt. Erst kamen die Füße, was einleuchtete, da dies für eine sichere Landung notwendig ist, dann kam der halbe Mensch und dann der Kopf, der auf der weiteren Fahrt nach unten auch zuletzt verschwand. Und sie alle, ob sie nun nach oben oder unten fuhren, machten einen zufriedenen Eindruck.

So sagte ich mir, das kann nicht weh tun und paßte den richtigen Moment ab. Ich bestieg solch einen Kasten nach oben und wurde langsam in die nächste Etage getragen und wieder in die nächste, und ich vergaß das Aussteigen, und plötzlich wurde es dunkel, stockdunkel, und der Kasten begann zu rumpeln, etwas quietschte ganz erbärmlich, da war ein Kreischen, und der Kasten bewegte sich mühsam ächzend zur Seite. Jetzt werde ich irgendwohin ausgekippt, dachte ich und war sicher, gleich ins Bodenlose zu fallen und irgendwo furchtbar aufzuschlagen. Aber da wurde es schon wieder hell, und wir fuhren hinunter, und ich saß in einer Ecke auf dem Fußboden und rührte mich nicht. Ehe ich mich aufraffen konnte auszusteigen, wurde, es wieder dunkel, und die gleichen Qualen kamen wieder auf mich zu, und ich floh bei der nächsten Gelegenheit.

Als ich dir von dieser Himmel- und Höllenfahrt erzählte, hast du gelacht und mir auf einem Blatt Papier aufgezeichnet, wie solch ein Paternoster funktioniert und mir erklärt, daß dies ganz ungefährlich sei.

Für mich aber blieb es die Fahrt durch Himmel und Hölle, wobei das eine sich vom anderen nur dadurch unterschied, daß es erst oben war und dann unten.

Dieser Pfarrer kam leise, und nun steht er hinter diesem Pult und steht neben deinem Sarg, mit einem Gesichtsausdruck, als wolle er dich an die Hand nehmen und unbeirrbar begleiten – durch Wüste und Eismeer, durch Sturm und Regen und durch Dantes Inferno – eben durch alles, was ein Mensch sich vorstellen kann. Auf jeden Fall ist er entschlossen, dich nicht im Stich zu lassen.

Und jetzt spricht er von dir, Papa, und das interessiert mich sehr. Ich will mir anhören, was er über dich sagen wird – über den Toten, der ihm als Lebender völlig unbekannt war. Ich frage mich, was aus deinem Leben gemacht wird aus der Sicht der Tatsache, daß du nun nicht mehr lebst. Wie mag sich diese Sicht verändern, wo es keine Diskussion mehr geben kann über richtig oder falsch, denn das Ende macht eine Diskussion überflüssig, weil es eben nichts mehr zu ändern gibt.

So lange wir noch von einem Menschen sagen können, er ist gut oder er ist schlecht, schwingt darin die Hoffnung, daß er so bleibt oder sich ändert – je nachdem. Aber sobald wir von diesem Menschen in der Vergangenheit sprechen, dann schwingt darin nichts mehr – jedenfalls nichts, das zu unserem Leben gehört, außer vielleicht der Wunsch, die unabänderliche Tatsache nicht hinnehmen zu müssen, wohl wissend, daß dieser Wunsch nie in Erfüllung gehen wird.

Was wird er also sagen, dieser Pfarrer – wird er vielleicht Zuflucht suchen in Allgemeinplätzen, die auf jeden zutreffen, das gelebte Leben des Toten austauschbar machen, so wie die Toten im Tod alle gleich sind – gleich tot, wie sie nie gleich gelebt haben?

Nein, es sind keine Allgemeinplätze. Dieser freundliche Mensch spricht vom Häuserbauen – er bemüht sich ernsthaft und mit entwaffnender Ehrlichkeit, uns zu erklären, daß dein alleiniger Lebensinhalt das Bauen von Häusern war und warum gerade darin der große Sinn deines Lebens lag. Er spricht von soliden Fundamenten, die nutzlos sind, wenn darunter der Boden schwankt, er ermahnt uns, daß Häuser nicht einfach gebaut werden können, um darin Zuflucht vor der wechselnden Witterung zu finden, sondern daß diese Häuser auch stabil sein müssen, um dem Menschen Schutz geben zu können, da Schutzsuchen nicht das Eintauschen einer Gefahr gegen die andere bedeutet.

Er hat recht.

Aber was hat das mit dir zu tun? Natürlich hast du Häuser und Brücken konstruiert. Ich kann mich noch gut erinnern, wie du mir von diesem Versuch erzählt hast, bei dem du feststellen wolltest, welche Erschütterungen eine Brücke noch aushalten kann. Du hattest eine Maschine konstruiert, und diese simulierte das Rütteln eines Güterzuges – wie sich wenig später herausstellte, sollten es lange Güterzüge mit Panzern, Soldaten und Nachschub für den Krieg sein.

Und bei diesem Versuch, als die Maschine rüttelte und rüttelte, da hattest du plötzlich Sorge, daß die Brücke gleich einstürzen würde, und so bist du in deinem guten Anzug in den Fluß unter dieser Brücke gesprungen, und du hast noch viele Jahre später bedauert, daß du dabei deine beste Pfeife verloren hast.

Und ich weiß auch noch, wie beeindruckt ich war, als du mir erklärtest, daß ein Haus vom Dach aus hinunter in die Fundamente statisch berechnet werden muß, denn erst, wenn klar ist, welche Last die Fundamente zu tragen haben, können sie stark genug gebaut werden – das leuchtete mir ein, und ich stellte mir das Haus wie die menschliche Gesellschaft vor, da allerdings sind die Schwächsten unten.

Wie auch immer – das Bauen war nicht der Sinn deines Lebens.

Dieser Pfarrer in all seinem ehrlichen Bemühen – das mich schon sehr beeindruckt – mit dem Willen zur Aufrichtigkeit gegenüber der Einmaligkeit eines jeden Individuums und gerade gegenüber dem beendeten Dasein und Sosein des Toten – er spricht an deinem Leben vorbei.

Ein Pfarrer, der seine Gemeinde nicht mehr kennt, weil sie zu groß geworden ist oder weil er sie für sich zu groß hält, ist daher auf das angewiesen, was ihm die Familie des Toten erzählt.

Die Erinnerung der Familie ist überlagert von dem Ende, dieser bedrückenden Endgültigkeit, wie auch immer der Tote gewesen sein mag – diese Endgültigkeit läßt die Zeit still stehen, und in diesen Stillstand hinein kommen die guten Erinnerungen. Und wenn die Familie den Toten eigentlich nicht kannte, dann spricht sie von seinem Beruf, als wäre dieser der Rettungsanker seines Lebens gewesen, und wenn er in seinem Beruf erfolgreich war, dann spricht sie von seinen Erfolgen und meint das Geld oder den Ruhm und läßt diese Erfolge wie eine aufgehende Sonne über ihren Worten glänzen, und daraus wird dann der Sinn des Lebens dieses Toten.

Und diesen Pfarrer hat das sehr beeindruckt – er ist völlig ahnungslos und weiß nicht, daß du sehr oft zu Gottesdiensten gingst, dir die Kirche danach aussuchtest, welcher Pfarrer die Predigt hielt. Du kanntest sie fast alle – und dich kannte keiner. Viele von ihnen hast du im Lauf deines Lebens nur einmal gehört und dann nie wieder. Du gingst nach Hause und hast dich gewundert, wie selbstverständlich man Banales in viele Worte hüllen kann, aber du bist hartnäckig geblieben.

Das änderte sich auch nicht, als du gerade in den letzten Jahren oft genug fade Reden hörtest über die Einfachheit des Lebens, die von selbst komme, wenn man sich nur Gott anvertraue, und alles was da komme – oder auch nicht – in Dankbarkeit und Demut hinnimmt und sich seiner Schuld, ein Mensch zu sein, bewußt bleibt – dann bist du dennoch hartnäckig geblieben, auch wenn dich all das eher an Pfadfinderversammlungen erinnerte.

Du sagst, solche Reden haben dich amüsiert,

haben dich mit einem stillen, bitteren Lachen ausgefüllt. Dabei erinnerst du dich an den letzten der beiden Kriege, die ungebeten durch dein Leben gezogen sind. Wehrtauglich, wie man sagt, warst du nicht, nachdem ein Unfall deine linke Hand zertrümmert hatte. Dennoch hat man dich als Experten für Brükken in den Osten geschickt – ohne Gewehr und ohne Pistole und so ganz ungeweiht – aber damit hättest du auch nichts anfangen können. Ich bin unbewaffnet, tut mir nichts, ich kann euch ja auch nichts tun – auf Worte konntest du dich nicht verlassen. So lagst du bei Partisanenangriffen neben einem Soldaten im Graben und im Dreck, und vorher hatte dir der Soldat seine Pistole schußbereit in die gesunde Hand gedrückt und dir den guten Rat gegeben, erschieß dich, wenn sie uns überrollen. In diesem Dreck hast du gelegen, dem Schuß aus der Pistole mehr vertrauend als allem anderen, und den Soldaten warst du dankbar, daß sie für dich mitgekämpft und dir so das Recht auf den eigenen Tod erhalten haben.

Dennoch, Papa, es zog dich zu den Kirchen. Du hast keineswegs die Bauten dieser Gotteshäuser bewundert, deren Bau in diese Großartigkeit hinein oft genug Vorrang gehabt hatte vor den alltäglichen Bedürfnissen der Menschen.

Für diese Bauten hattest du nur einen kurzen, fachmännischen Blick – dich interessierten nicht die üppig ausgeschmückten Kirchen der Katholiken, und für die gewollte Kargheit mancher evangelischen schienst du nur Verachtung zu haben.

Auf deinen Kirchgängen habe ich dich oft begleitet, und ich habe versucht zu ergründen, was es ist, das dich so sehr beschäftigt – und ich war sicher, daß du ein Suchender warst.

Du suchtest in den unzähligen Predigten etwas, das du allein nicht finden konntest, und es muß etwas gewesen sein, von dem du hofftest, daß es geeignet ist, sich daran festzuhalten. Oft kamst du mir vor wie ein Goldgräber, der unermüdlich nach dem Metall sucht, das erst die Menschen zum wertvollen Marktartikel erklärt haben, so daß es sich lohnt, danach zu suchen und mit dieser hoffnungsvollen Suche sein Leben zu verbringen.

Der Fluß, in dem das Gold vorkommen mußte, das waren für dich all die vielen Worte. Aber die richtigen, die du als Gold hättest mitnehmen können, die sind nie ausgesprochen worden.

Du sagst, du warst auf der Suche nach dem Inhalt der Zeit gewesen – auf der Suche nach dem, was die Zahlen, in welchen die Zeit gemessen wird, ausfüllt.

Du sagst, die Zeit war wichtig, denn sie bedeutete nicht die Addition vergangener Tage, Monate oder Jahre – sie bedeutete auch zu überleben, das du, ohne es zunächst zu merken, sehr früh gelernt hast – fasziniert von der Tatsache, daß sich Leben und Überleben in dem Raum zwischen zwölf und vier auf dem Zifferblatt der Uhr darstellen kann.

Es war im Kriegsjahr 1917, als du, vier Jahre alt, in der Küche am Tisch gesessen und darauf gewartet hast, daß der große Zeiger nun endlich die Zwölf und der kleine Zeiger, der sich noch langsamer bewegte, die Vier erreichen würde.

Du hast den Zeigern zugesehen und hast gezittert in der Spannung, ob sie auch heute wieder gleichzeitig ankommen würden und damit der Vier-Uhr-Gong ertönen konnte – denn du hattest Hunger, und um vier Uhr bekamst du eine dünne Scheibe Kriegsbrot mit Marmelade, und mit der vergehenden Zeit kamst du dieser Brotscheibe näher und näher.

Was mit dieser vergehenden Zeit weiter geschieht, das war für dich nicht wichtig. Und was während dieser vergehenden Zeit alles in anderen Ländern auf der Welt passiert, das war auch nicht wichtig. Daß sich beispielsweise um diese Zeit die Menschen in London darum sorgten, ob die nun bald kommende Nacht klar oder von Wolken bedeckt sein würde – denn das eine brachte ihnen ruhigen Schlaf und Sicherheit, während das andere ihnen Angst und Lebensgefahr und auch Tod brachte – und daß diejenigen, die für deine Vier-Uhr-Brotscheibe sorgten, gleichzeitig für andere Menschen wie in London Gefahr und Tod bedeuteten, davon ahntest du nichts. Und wenn, dann hättest du trotzdem auf deine Vier-Uhr-Brotscheibe gewartet und sie auch genommen – für ein vierjähriges Kind, das auf seine Scheibe Kriegsbrot wartet, bedeuteten die Sorgen anderer zur gleichen Zeit überhaupt nichts.

Die vergehende Zeit war für alle gleich, ausgefüllt aber wurde sie sehr unterschiedlich.

Für dich sorgte diese vergehende Zeit – die sehr zuverlässig vergeht, wie du erfahren hast, die weiterläuft, ohne es sich zwischendurch anders zu überlegen oder umzukehren – sie sorgte dafür, daß du etwas essen konntest und dann für eine Weile keinen Hunger mehr hattest.

Für die anderen sorgte sie dafür, daß die Gewißheit näher kam, ob die kommende Nacht eine in Ruhe oder eine in Schrecken sein würde.

Die Zeit als unmittelbares Erlebnis – es reicht nicht festzustellen, daß die Zeit vergeht – auf diese Tatsache kommt es nicht an. Später konntest du feststellen, daß die Zeit für nichts sorgt – es sind die Menschen, die sie füllen.

Was wäre die Zeit, wenn es die Menschen nicht gäbe – das gleiche wäre sie was sie ist, obwohl es Menschen gibt. Sie würde weiterziehen, ohne stehenzubleiben, ohne sich – wie wir – umzusehen, ohne nach anderen Möglichkeiten zu suchen, ohne umzukehren, um etwas zu wiederholen oder anders zu machen, ohne davon zu träumen, was geschehen wäre, wenn sie irgendwann doch stehengeblieben wäre, wenigstens für eine Weile. Wir dagegen hoffen manchmal, die Zeit würde stehenbleiben, verharren in den Minuten oder Stunden, die wir genießen – aber sie läuft auch dann nicht schneller, sondern immer gleichmäßig, und sie hängt sich nicht wie die Menschen an die Gewißheit, daß die Zeit vergeht und auch Vergessen bringt – die Zeit ist unabhängig wie das Morgenrot. Aber wir Menschen sind abhängig von dieser Zeit, die noch nicht einmal bemerkt, wie sehr sie unser Leben bestimmt.

Ich habe keine Zeit, sagen wir.

Das ist falsch, wir haben die Zeit nicht als

unseren Besitz, über den wir verfügen könnten, wie über unser Geld, unser Auto oder was sonst wir alles kaufen können.

Wir haben nur unser Leben in einem bestimmten Abschnitt aller Zeit dieser Welt.

Ich habe keine Zeit – das heißt in Wirklichkeit, ich habe jetzt gerade kein Leben, ich meine, daß ich jetzt gerade keinen Teil von meinem Leben habe, über den ich verfügen kann. Dieses Eingeständnis ist schrecklich und so trostlos wie das Bekenntnis, ich habe nichts zu essen, ich habe nichts zu trinken, ich habe niemanden, dem ich vertrauen kann – zu trostlos, nicht wahr. Und damit wir über den, zumindest zeitweisen Verlust unseres eigenen Lebens nicht verzweifeln, sagen wir, ich habe keine Zeit.

So stehlen wir uns davon – so weichen wir aus und flüchten vor der Wirklichkeit, denn Zeit haben wir immer.

Du zweifelst an dieser Wirklichkeit?

Rechne all die vielen Male deines Lebens zusammen, die du gesagt hast, ich habe keine Zeit – und ich fürchte, du wirst auf Jahre deines Lebens kommen, das du zwar weiter gelebt hast, weil die Zeit weiterzog, auf Jahre, in denen du dein eigenes Leben versäumt hast.

Die Zeit sorgt für nichts, schon gar nicht für unser Leben, dafür müssen wir selbst sorgen.

War es das, was du gesucht hast?

Du mußt nicht antworten, für mich ist es nicht mehr wichtig, deshalb bin ich nicht gekommen.

Ich bin gekommen, weil du mir dein Sterben, deinen Tod angekündigt hast. Das ist manchmal so in der Welt der Gedankenmeere – wichtige Dinge des Lebens fließen dir von weither zu, und du nimmst sie wahr, obwohl das eigentlich nicht möglich ist, daß diese Dinge einen solch weiten Weg zurücklegen können.

Ich hatte geschlafen, ich wachte auf und war überzeugt, daß die Nacht vorbei ist und der neue Morgen schon begonnen hat. Ich war so sehr davon überzeugt, daß ich noch nicht einmal aus dem Fenster sah. Ich stand auf und wußte, ich würde verreisen, mich auf den Weg machen, weißt du, ich meine diesen Weg, auf dem die Schritte so schwer wiegen. Ich nahm ein Bad und cremte meine Füße, ich kämmte mein Haar und wusch meine Augen, ich ging hinaus, und es war stockfinster.

Die Nacht war dunkel und gerade etwas mehr als die Hälfte alt, und da wußte ich, Papa stirbt.

Und ich wußte, warum ich mich so selbstverständlich auf den Weg gemacht hatte, und ich ging zu dir – und der Weg war lang.

Aber zunächst ging ich bei Kakunik vorbei, und Kakunik sagte, oh, es ist dein Vater. Und Kakunik war zufrieden, denn er weiß, daß nun das ausgetrocknete Flußbett unserer Gespräche sich wieder füllen wird mit dem Wasser der gemeinsamen Gedanken.

Es war wie damals, als ich mich auf den Weg machte, um Kakunik zu suchen – als ich durch die Bäume des verschneiten Winterwaldes ging und spürte, daß diese Bäume im Innern so warm sind, als wären sie das Innere der Erde.

Wie Kakunik der Jäger ging ich durch diesen Wald – aber ich hatte keine Pfeile, wozu auch, denn ich habe keine scharfen Augen, mein Blick ist nicht auf das gerichtet, was es zu jagen gibt, sondern auf die Welt der Märchen und der Bilder. An ihnen habe ich mich orientiert, sie waren mein Wegweiser, sie waren mein Bett für die Nacht, sie waren meine Landkarte und gaben mir Auskunft, damit ich mich nicht verlaufen konnte. Sie führten mich über Berge und durch Täler, sie bauten mir Brücken auch über die breitesten Flüsse und so kam ich sicher hierher – und die Wirklichkeit machte meine Schritte schwer und meine Beine müde.

Kakuniks Lebensmusik hat mich begleitet, diese Musik, die er täglich neu aus der vergeudeten Zeit komponiert, aus den Zeitabschnitten ungelebter Menschenleben. Zeitabschnitte, die die Menschen achtlos fallen lassen, als seien sie unnütz geworden und Ballast – daraus komponiert Kakunik Symphonien, denn er dachte, daß es nichts geben darf, das unnütz irgendwo liegenbleibt.

Aus Kakunik dem Jäger wurde ein Sammler von Zeit, denn das Leben plant nur in großen Zügen, und es kümmert sich nicht darum, wie achtlos die Menschen mit ihrer Zeit umgehen, wieviel sie davon einfach wegwerfen.

Dabei wäre es doch gut, wenn das Leben in solch eine Verschwendung von Zeit eingreifen würde, sagst du.

O ja, es wäre gut, wenn für diesen Abschnitt vergeudeter Zeit ein anderer Mensch, dem eine viel zu kurze Lebenszeit zugewiesen wurde, diese verlorene Zeit aufnehmen und für sich verwenden könnte – als einen weiteren Teil seines, nur von ihm zu lebenden Lebens.

Stell dir vor, jemand sagt gerade, ich habe keine Zeit –

und da ist ein kleines Mädchen, das eigentlich nicht lange genug zu leben hat, um je mit einem Ball spielen zu können. Es nimmt diese Zeit und wirft den Ball in die Luft.

Ich habe keine Zeit –

und da ist ein kleiner Junge, der sich noch nie hat satt essen können und verhungern wird. Er nimmt diese Zeit und füllt sie immer wieder mit einer Schale Reis.

Ich habe keine Zeit –

und da ist eine Frau, die schwer krank ist und nimmt diese Zeit und nutzt sie, um noch einmal über eine Wiese zu gehen oder in einem See zu schwimmen, zuzusehen, wie sich das Sonnenlicht in den Wassertropfen zu strahlendem Glanz vervielfacht, und sie ist glücklich mit dem Stück Zeit aus einem anderen Leben.

Ich habe keine Zeit –

und da kommt ein alter Mann, der schon im Begriff ist, diese Welt und ihre Zeit zu verlassen. Er nimmt dieses Stück Zeit, das da so achtlos herumliegt und das er selbst auch nicht mehr möchte, und er schenkt es einem Neugeborenen, und sagt, hier diese Zeit hast du zusätzlich, aber achte gut darauf.

Nein, Papa, das Leben greift nicht ein.

Es ist jedes Mal Kakunik, der sich die vergeudete Zeit der anderen zusammensucht.

Manchmal sind es große Stücke, und manchmal sind es kleine. Und er muß darum nicht betteln, nicht von Tür zu Tür gehen – haben, sie als milde Gabe ein Stück Zeit für mich? O nein, denn jeder läßt genügend Lebenszeit achtlos fallen, läßt sie unbenutzt herumliegen, und es scheint so, als wären alle froh, daß es da jemanden gibt, der ihre Lebensteile aufsammelt, denn sie würden sie sowieso nicht wieder finden – nicht einmal danach suchen.

Sie merken nicht, wie sie ihre Lebensteile verlieren. Nur irgendwann einmal, da wundert sich mancher und fragt, wo ist es hin, mein Leben, warum vergeht die Zeit so schnell?

Eine Antwort darauf gibt es nicht, denn Kakunik hat ihre verlorenen Lebensteile schon mitgenommen, und er macht daraus die Lebensmusik. Und diese Lebensmusik können wir hören. Ganz früh an jedem neuen Tag, wenn die Welt noch still ist und sich nichts rührt – so still wie in dem Augenblick, wenn der Dirigent gerade den Stab hebt und Publikum und Orchester den Atem anzuhalten scheinen.

Kakuniks Lebensmusik ist die Stille, die wir hören können, wenn wir in uns hinein hören wollen, während der Takt dieser Musik nur von dem Rhythmus unseres Atems geschlagen wird.

Wann hören wir in uns hinein – vielleicht an den Sonntagen?

Nein, das kann nicht sein, denn dann hätte es die Sonntage meiner Kindheit nicht gegeben, deren einziger Vorteil war, daß sie vorbeigingen.

Ich erinnere mich gut an die Pflichtgänge zum Kindergottesdienst und wie ich auf dem Weg dorthin mit wehmütigem Blick die Bäume, die Zäune und vor allem die Teppichstangen, an welchen sich so gut kopfüber hängen und schaukeln ließ, betrachtete. Denn all das gehörte an Sonntagen zu den Dingen, die verboten waren. Spielen schien an Sonntagen den gleichen Rang wie Arbeiten zu haben. Arbeit ist am Sonntag verboten, am Sonntag sollst du ruhn. Also gingen wir folgsam auf direktem Weg zum Kindergottesdienst in diese Behelfsbaracke neben der eingestürzten Kirche und wurden empfangen von den seltsamen Klängen des altersschwachen Harmoniums, das, warum auch immer, jemand aus den Trümmern der Kirche gerettet hatte. Dieses Harmonium ächzte knarrend und brummend seine Melodie zu unserem Gesang und drohte jeden Augenblick oder beim nächsten Akkord sofort und dann für immer zusammenzubrechen.

Und ich saß da in meinem Sonntagskleid, das mir schon wieder zu kurz geworden war und in meinen Lackschuhen, die noch neu aussahen, mir aber die Fersen schon wundscheuerten und nie abgetragen wurden, und ich wartete auf den großen Augenblick, da dieses Harmonium nun endlich für immer zu brummen aufhören würde. Aber der Augenblick kam nicht, und jeden Sonntag wartete ich vergeblich.

Die Geschichten von Jesus, die uns der Pfarrer erzählte, während die Musik mal schwieg, gingen an mir ziemlich vorbei, denn ich wollte wenigstens nicht verpassen, wie die Organistin ihren Kampf mit dem Harmonium wieder aufnehmen würde und dabei nicht weniger schnaufte als das Instrument. Außerdem waren die Geschichten des Pfarrers nicht sehr interessant für mich, denn ich hatte sehr bald das Gefühl, daß es mir nie gelingen würde, solch ein lieber Mensch zu sein, wie es Jesus war, ein Mensch, der nur Gutes tut und sich nicht wehrt. Denn der Gedanke, daß mich soviel Edelmut daran hindern würde, dem frechen Rudi von nebenan, der mich so oft an meinem Pferdeschwanz riß, eine runterzuhauen, mißfiel mir sehr. Ebenso wie die Geschichten langweilten mich die Aussicht auf ein Leben reiner Güte und Edelmut, was bedeutete, keine Bäume mehr hochzuklettern, nicht mehr vom Scheunendach in einen Heuhaufen zu springen und sich dabei um ein Haar die Beine zu brechen, sondern still vielleicht auf einer Wiese zu sitzen und aus Blumen Kränze zu flechten, was ich sowieso nicht konnte.

Nein, dieser Jesus war einfach zu gut und zu edel und zu perfekt für mich – jedenfalls nach dem, was uns über ihn erzählt wurde.

So stand ich ihm als Hans im Glück, als dummer August oder als das Mädchen mit den Schwefelhölzchen gegenüber und verstand nichts, weil das Leben doch eigentlich so ganz anders ist – und daß er über das Wasser wandeln konnte, das beeindruckte mich überhaupt nicht.

Danach trieb mich der Hunger nachhause – du fragtest noch, was der Pfarrer erzählt habe, aber da gab es schon den Braten, und beim Essen hatte ich schweigend zu kauen und zügig zu essen, und mit vollem Mund spricht man nicht, und bevor ich aufgegessen hatte, da war deine Frage schon vergessen – auch von dir.

Danach gab es den üblichen, mir inbrünstig verhaßten Sonntagsspaziergang. Lieb und brav an der Hand oder bei Fuß mußte ich lernen, meinen Bewegungsdrang zu zügeln, auf den vorgeschriebenen Wegen dahinzuschleichen und nicht über die Wiesen zu rennen. Ich durfte auch nicht auf der Lehne einer Parkbank balancieren, so wie wir das in der herrlichen Freiheit nach Schulschluß auf dem Heimweg taten, bis der Parkwächter angerannt kam und fragte, ob wir verrückt geworden seien.

Und an diesen Sonntagen konnte ich noch nicht einmal in meine Märchen flüchten, denn später wurde »Mensch-ärger-dich-nicht« gespielt – so lange bis jeder eine Mordswut hatte.

In dieser Zeit konnte Kakunik viel aufsammeln von meiner Lebenszeit, und mir blieb nichts anderes übrig, als sie Kakunik zu überlassen.

Und irgendwann flüchtete ich mich aus dieser Unerträglichkeit der Sonntagsordnung und dann Alltagsordnung in die Geschichte vom häßlichen Entlein, denn das, so wie es war, konnte doch nicht wirklich mein Leben sein.

Ich wurde das häßliche Entlein, aus dem am Ende ein wunderschöner Schwan wird – Vater und Mutter brauchte es nicht mehr, auch keine Sonntagspaziergänge und keine

Mensch-ärger-dich-nicht-Spiele. Und verlernte zu weinen und zu hoffen und hatte gedacht, es würde genügen, wenn ich erklären konnte, daß ich doch eigentlich nur das häßliche Entlein bin, aus dem eines Tages ein wunderschöner Schwan werden wird – und man nannte mich eine Lügnerin.

Du bist losgezogen, um die Wahrheit zu suchen. Hier in den Geschichten, da versuchtest du meinen Fluchtwegen in die Welt der Märchen nachzugehen – ergebnislos, wie du weißt – und du hast nie gelernt, daß sich auf diese Weise weder die Wahrheit noch die Lüge finden lassen.

Du hast diese Zeit vergeudet, und Kakunik trug sie davon.

Natürlich war ich nie das häßliche Entlein, und ebenso natürlich wäre ich auch nie zu einem wunderschönen Schwan geworden. Aber wenn schon niemand von euch meine Art des Menschseins anerkannte, dann konnte ich ebensogut eine Ente oder ein Schwan oder ein Krokodil oder sonstwas sein – das eine war so gut oder so schlecht wie das andere, und die Wahrheit lag ebensowenig greifbar bereit wie die Lüge.

Aber du bist losgezogen und Kakunik kam, nahm deine Zeit und trug sie fort.

Ich weiß, es war die Zeit des Aufbaus – Neuanfang in einem zerstörten Land, in dem die Menschen in den Städten als nahezu einzige Blumen den sattgelben Löwenzahn kannten, der sich durch die Trümmer gekämpft hatte. So stand diese Blume – in besseren oder guten Zeiten nichts weiter als Unkraut – eingezwängt, aber unbeirrbar in den Spalten übereinander gefallener Steinhaufen, die einmal Häuser gewesen waren.

Und die Menschen freuten sich über das schöne Gelb dieser Blumen, es war für sie ein Zeichen für Leben – und dann wurden die Menschen vergeßlich und versuchten, diese Überlebenskünstler aus den ordentlich gepflegten Gärten und aus der Nähe ihrer Gartenzwerge, die so heimelig ihre Laternen schwenken, zu verbannen. Denn die Menschen hatten begonnen, die Trümmer zu beseitigen und an ihre Stelle wieder Häuser zu bauen, die keinen Spalt mehr ließen für den Löwenzahn – die auch keinen Platz mehr ließen für die Kinder, die die Trümmer für ihre Spiele genutzt hatten, denn Spielzeug, und die entsprechenden Geschäfte gab es nicht.

Außerdem hatten uns die Trümmer fasziniert. Erinnerst du dich an das zusammengefallene Haus, das in einer ganzen Häuserzeile gestanden hatte und bei seinem Sturz nach unten lediglich im zweiten Stockwerk ein einsames Waschbecken mit einem Wasserhahn darüber und einem Eisenträger darunter zurückgelassen hatte? Ich weiß, wie sehr du damals erschrocken bist, als du ein kleines Mädchen hoch über dem Trümmerhaufen auf dem Eisenträger in Richtung Waschbecken balancieren sahst und erkanntest, daß ich das war.

Ich weiß, daß nicht alles in Trümmern liegenbleiben konnte, und ich weiß auch, daß ganz sicherlich auf den Löwenzahn keine Rücksicht genommen werden konnte – aber was war mit uns Kindern?

Du jedenfalls hast geglaubt, daß wir in Sicherheit wären, wenn erst einmal die gefährlichen Trümmer beseitigt sein würden.

Sieh mal, dort in der letzten Reihe, da sitzt Karlchen. Er kann uns sehen, und er winkt uns zu. Du erinnerst dich doch an Karlchen?

Es war schon zu der Zeit, als die Straßen nur für die Autos und Straßenbahnen und Lastwagen da waren und unsere Spielplätze in Parkplätze verwandelt wurden. Oh ja, die Autos waren wichtig –aber wozu eigentlich gleich so viele?

Ich wußte, man sparte Zeit, und diese ersparte Zeit blieb dann für irgendwas anderes auf der Strecke, und Kakunik kam und trug sie davon. Ich glaube, er hatte eine reiche Ernte in dieser Aufbauzeit, die eigentlich nie aufgehört hat.

Uns Kindern wurde gesagt, daß es jetzt sehr gefährlich und außerdem verboten war, auf den Straßen zu spielen. So schnell konnten wir das allerdings nicht lernen – warum wir den Autos weichen mußten und weshalb Autos nun wichtiger waren als Kinder.

Und Karlchen konnte das erst recht nicht begreifen, denn Karlchen war ein Träumer, und Gefahren erkannte er nur, wenn sie ganz langsam auf ihn zukamen. Er war so völlig unzeitgemäß und dämlich und nicht sehr anpassungsfähig und wäre in dieser fortschrittlichen Welt sowieso auf der Strecke geblieben, sagten die Leute später. Denn eines Tages war die Gefahr für Karlchen zu schnell gekommen. Es war ein Lastwagen und zwar nicht eine dieser alten Karossen, die so langsam die Straße entlangächzten, daß man bequem und ohne Eile die Fahrbahn mehrmals hin und her hätte überqueren können. Dieser Lastwagen, der da ankam, war neu und schnell und glänzte im Sonnenlicht, und er war der Stolz des Fuhrunternehmers, und er überfuhr Karlchen.

Damals hielten alle für einen Augenblick den Atem an, und da hätten sie Kakuniks Lebensmusik hören können, und sie hätten sich fragen können, ist es nicht bald genug – aber niemand hörte zu.

Es geht weiter, es geht aufwärts, sagten die Leute, und die Müllberge wuchsen, und jeder wollte ein Auto, und jeder wollte es noch bequemer haben.

Frank sitzt dort neben Karlchen. Es ist schön, ihn wiederzusehen. Ich weiß nicht mehr, wie viele Jahre wir gemeinsam mit dem Bus in die Stadt zur Schule fuhren.

Jedenfalls war das immer ganz früh morgens, und für mich war das viel zu früh, denn am liebsten stand ich erst dann auf, wenn die Sonne schon in mein Zimmer schien und auf meine Bettdecke helle Kringel malte – oder wenn ich aus dem Fenster sah und mir den Himmel betrachtete, fast weiß die Wolken, nicht in Formation, sondern hin- und hergeschoben, ausgeliefert dem Wind, das Blau des Himmels mal hell und mal etwas dunkler – wie das Leben; erst dann lohnte es sich aufzustehen. Aber für solche Gedanken blieb so früh am Morgen keine Zeit, denn der Bus fuhr kurz nach sieben, und so hetzte ich Tag für Tag aus dem Haus und die Straße entlang und war, obwohl ich jeden Tag so rannte, noch immer völlig untrainiert, und an der nächsten Ecke traf ich Frank. Lang und schlacksig und gelassen ging er mit riesigen Schritten zur Bushaltestelle, und schweigend nahm er mir meine Schultasche ab, damit die wenigstens rechtzeitig zum Bus kam, denn ich blieb außer Atem irgendwann stehen und schleppte mich langsam weiter – als würde der Bus auf mich warten. Und er tat es! Denn Frank hatte meine Tasche, und er erreichte den Bus rechtzeitig, und er bat den Busfahrer, einen Augenblick zu warten, denn da hinten käme seine Schwester, und er habe ihre Tasche, und ich könne schließlich nicht ohne meine Tasche zur Schule gehen. Das leuchtete ein, und so erreichte ich auf wundersame Weise doch noch jeden Tag den Bus.

Es war eine schöne Zeit mit viel Hoffnung und vielen Plänen für die Zukunft.

Aber eines Tages hatte Frank ein Auto, und wenig später war er tot, und wieder hielten alle den Atem an, und sie hätten Kakuniks Lebensmusik hören können und hätten sich fragen können, ist es jetzt nicht genug – aber niemand hörte zu.

Es geht weiter – es geht aufwärts, sagten die Leute.

Siehst du, auch Frank winkt uns zu, und er lacht und freut sich, uns wiederzusehen und ruft mir zu, daß ich nicht vergessen soll, wie er meine Schultasche am Mittag nach Hause getragen hat, wenn ich wieder einmal eine Note mit dem furchtbar langen Namen bekommen hatte und das Heft mit dieser langatmigen Note in meiner Tasche so schwer wog wie zwei Tonnen Ziegelsteine.

Und dabei hatte ich mir längst vorgenommen, es nie wieder so weit kommen zu lassen, was ich aber merkwürdigerweise ebensowenig beeinflussen konnte, wie den Ablauf des Wetters – dann nimm wenigstens einen Regenschirm mit, sagte Frank

Frank lacht. Also mußte ich mich ab und an aufraffen, etwas zu tun, und wie durch ein Wunder brauchte Frank nur noch selten die Tasche schwer wie Ziegelsteine für mich nachhause tragen.

Was aus Frank jetzt geworden ist, möchtest du wissen, Papa – warte, die unwissenden Gedanken werden sich in Wissen verwandeln.

Dort schräg hinter Nelli Braunschweig, sieh mal, dort sitzt Olivia. Nein, nicht rechts davon, wer das ist, weiß ich noch nicht. Du mußt mehr nach links sehen. Erkennst du Olivia?

Du erinnerst dich nicht an sie? Das ist auch kein Wunder, denn ihr alle habt sie damals aus euren Gedanken gestrichen. Nur ab und an fiel noch ihr Name, wenn ihr euch über ihre »armen Eltern« unterhalten habt.

Ein Mädchen wird geboren und hat es gut. Es ist die Freude seiner Mutter, die mit großer Sorge der Geburt entgegengesehen hatte, denn ein Kind, das einmal Soldat werden würde, wollte die Mutter auf keinen Fall.

Ein Mädchen, ruft die Hebamme erfreut, und die Mutter ist glücklich und denkt, wenn immer weniger Jungen geboren werden, dann kann es keine Kriege mehr geben. Denn kurz vorher war ein Krieg durch ihr Leben gezogen, der ihr fast alles genommen hatte, und der größte Teil seiner Beute war ihre Hoffnung, und sie fühlte sich beraubt und betrogen und zutiefst verletzt.

Olivia soll sie heißen, sagt die Mutter, und die Hebamme findet diesen Namen wunderschön. Olivia, sagt sie, das ist der richtige Name, er paßt zu diesem schönen Kind.

Olivia geht es gut, um sie braucht sich das Leben keine Gedanken zu machen. Die Mutter sorgt für das Kind, und Olivia ist ihr ganzer Stolz.

Sie ist das einzige Mädchen in der Gegend, das auch unter der Woche Lackschuhe trägt und ein gestärktes hellblaues Kleid mit weißer Spitze.

Ihre Haare sind auf dem Kopf mit keiner riesigen Schleife gekrönt, die aussieht wie ein Propeller, der gleich mit Getöse zu rotieren beginnen wird. Vielmehr gibt sich die Mutter große Mühe, Olivias rotes, krauses Haar am Hinterkopf mit einer schmalen Samtschleife zu bändigen, so daß das Kind aussieht wie ein Bild aus der Rennaissance.

Und die Jungen rufen dem Kind »roter Affe« hinterher.

Aber was macht das schon – hör nicht hin Olivia, sagt die Mutter.

Olivia wird umsorgt und gehegt, der Vater lehrt sie sogar lesen, bevor sie zur Schule kommt, was dann die Lehrerin, die ihr mit großem Engagement das ABC beibringen will, enttäuscht und mißbilligend zur Kenntnis nimmt und dies Olivia auch spüren läßt.

Aber was macht das schon, dann kannst du dich besser auf die anderen Fächer konzentrieren, sagt die Mutter.

Die Mutter vertraut Olivia all die Hoffnungen an, die sie hatte, bevor der Krieg ihr Leben verwüstete. Ärztin wollte ich werden, sagt die Mutter, Kinderärztin, und dann nach Afrika gehen wollte ich. Oder vielleicht wäre ich auch eine bedeutende Journalistin geworden - ich weiß es nicht, denn viele sagten auch, du kannst wunderbar malen, und ich hatte schon daran gedacht, Kunst zu studieren - aber dann dieser Krieg. Eine Rüstungsfabrik war das Ende all meiner Hoffnungen - die Endstation auf einem einsamen Bahnhof mitten in der Nacht im Nirgendwo - und dann war es zu spät, fügt die Mutter bedauernd hinzu und nimmt Olivias Hand fester und sagt glücklich zu ihr, du sollst alle Chancen haben, die ich nicht hatte.

Die Mutter ist mit Olivia auf dem Weg zur ersten Klavierstunde, und Olivia ist noch klein und weiß nicht so recht, was sie mit dem Wort Chance anfangen soll und weiß auch nicht so recht, warum sie jetzt Klavierspielen lernen soll.

Aber die Mutter sagt, ein Instrument muß man früh erlernen, nur dann kann daraus etwas werden.

Und der Vater hat darauf verzichtet, von den ersten Ersparnissen das erste Auto seines Lebens zu kaufen - er kauft für Olivia ein Klavier. Setz dich doch mal an das Klavier, sagt die Mutter zu Olivia, nachdem die Möbelträger gegangen waren, nicht ohne sich noch einmal darüber zu beklagen, wie schier unmöglich es sei, solch ein Ungetüm bis in den vierten Stock hinaufzuschaffen. Die Mutter muß die sich drehende Sitzfläche des Klavierhockers festhalten, und Olivia klettert hinauf und fühlt sich unsicher, fühlt sich wie in einem Ruderboot, denn der Sitz ist vollständig hochgedreht und schaukelt bei jeder Bewegung, und Olivia möchte sich an den Tasten festhalten, aber das darf man nicht, denn die Tasten dürfen nur einzeln gedrückt werden.

Für jede Taste nur ein Finger, und dann kommen Töne, sagt die Mutter. Noch immer auf dem Sitz schwankend, drückt Olivia einige Tasten der Reihenfolge nach, erst die weißen, dann die schwarzen.

Und die Mutter strahlt und begleitet sie zu ihrer ersten Klavierstunde. Dort sitzt sie hoffnungsvoll dabei und ist enttäuscht, denn die Lehrerin erklärt nur, und was Olivia spielt, das klingt gar nicht wie eine Melodie, und am Schluß sagt die Lehrerin nur Auf Wiedersehn bis nächsten Dienstag, und sie sagt nicht voller Bewunderung, wie begabt Olivia doch sei.

Olivia übt gewissenhaft, aber was sie übt, das erscheint der Mutter doch nicht als das Richtige, um wunderbare Walzer spielen zu lernen, Melodien spielen zu lernen – Melodien, die sie so sehr liebt: Webers Aufforderung zum Tanz, Mozarts Kleine Nachtmusik oder das erste Präludium aus dem Wohltemperierten Klavier von J.S. Bach.

Während die Mutter in Träumen schwelgt, sitzt ihre Tochter da und drückt den Daumen auf das C und hält ihn dort, bis sie gleichmäßig bis vier gezählt hat, und dann drückt sie auf gleiche Weise das D, das E und F, G, A, H und wieder C, wobei sie immer wieder stockt, wenn sie nach dem E mit dem Daumen untergreifen muß, damit das Spiel flüssig wird.

Und die Mutter ist nur mäßig begeistert. Sie merkt nicht, wie still und ernst Olivia ist.

Aber eines Tages kann die Mutter ihren Freundinnen erzählen, stellt euch vor, Olivia spielt jetzt die Etüden von Czerny – und kaum eine weiß, wer das ist. Auch Olivias Freundinnen fehlt dafür jeder Sinn, und sie sagen, warum habt ihr denn noch kein Auto, sowas Blödes wie ein Kavier zu kaufen.

Die Chance für Olivia, Klavierspielerin zu werden sieht nicht schlecht aus, sagt sich die Mutter und meint, ihre Tochter müsse sich dazu aber graziöser bewegen.

Als Kind hatte die Mutter Schwanensee gesehen und lange davon geträumt, sich bewegen zu können, als ob sie schweben würde. Aber auch das zu lernen hatte sie keine Möglichkeit, denn zunächst gab es dafür in ihrer Stadt keine Lehrer, bei welchen sie hätte schweben lernen können, und dann kam der Krieg, und es wurde völlig unwichtig, ob jemand schweben kann oder nicht.

Aber jetzt ist Frieden, und ihre Tochter soll schweben lernen. Mit dem Mut und der Zähigkeit einer Mutter war sie zu der Ballettmeisterin des Theaters gegangen und hat erreicht, daß Olivia in die Ballettklasse für Anfänger aufgenommen wurde.

Nun geht Olivia an der Hand ihrer Mutter zur ersten Ballettstunde ihres Lebens. Der Unterricht findet im Theater statt, und dafür ist der Seiteneingang zu benutzen, der für Besucher ungefähr so heilig ist wie die Bühne. Vier Stockwerke hoch müssen sie steigen – vorbei am Eingang zur Kantine, zur Bühne, zum Hängeboden, zur Kulissenwerkstatt – und endlich ist da der Eingang zum Übungsraum für Tänzer. Dieser ist hell und lichtdurchflutet, mit Spiegelwand und Stange, und am Ende des Raumes steht ein Klavier.

Hier gefällt es Olivia, und die grauhaarige Ballettmeisterin, die so dünn ist wie ein Bambus, gefällt ihr auch. Die Mutter hofft, zusehen zu können, wie ihre Tochter die ersten Schritte lernen wird und sieht sie schon vor der Spiegelwand Pirouetten drehen, aber Frau Silbermann, die in Rußland gelehrt hatte, bevor sie vor der Revolution geflohen ist, bittet die Mutter zu gehen. Denn es ist schon genug, daß die Zeiten, als sie nur mit hochbegabten Schülerinnen zu tun hatte, vorbei sind. Da kann sie nicht auch noch stolze Mütter ertragen, die ihre Töchter anschleppen, damit sie, die russische Ballettmeisterin, ihnen elegante Bewegungen beibringt.

Olivia genießt die erste Stunde, obwohl dieser spezielle Umgang mit ihren Beinen, genauer gesagt mit ihren Füßen, ihr sehr zu schaffen macht und fast schmerzt. Sie umklammert die Stange und schafft gerade die erste Position und während Frau Silbermann noch was an ihrer Haltung zu bemängeln hat, befürchtet Olivia wie ein Brett nach vorne auf den Boden zu kippen.

Olivia geht gerne zu den Ballettstunden, und Frau Silbermann ist zufrieden, manchmal sagt sie sogar bedauernd, hoffentlich wächst du nicht noch weiter in die Länge.

Wenn Olivia nach Hause kommt, dann sagt die Mutter oft, zeig doch mal, was du schon kannst – und Olivia, müde, mit wunden Füßen, stützt eine Hand an die Schrankkante und zeigt ihr alle Positionen, und die Mutter ist enttäuscht.

Olivia träumt nicht davon, Ballettänzerin zu

werden – ihr gefällt es einfach, sich zu bewegen, ihren Körper zu beherrschen und gegen Müdigkeit und Blasen an den Füßen den eigenen Willen zu setzen.

Olivia findet ihren langen, dünnen Körper schön, aber ihr niedriger Blutdruck läßt Pirouetten quer durch den Ballettsaal nicht mehr zu, und sie muß aufgeben, was sie eigentlich ohne großes Bedauern tut. Achte immer auf deinen Körper, Olivia, übe weiter für dich, fordere dich täglich, aber schinde dich nie, hörst du, sagt Frau Silbermann eindringlich zum Abschied, und Olivia befolgt diese Mahnung, denn Frau Silbermann hat sie zum Schluß umarmt und gesagt, ich möchte dich in zwanzig Jahren nicht als zweibeiniges Nilpferd auf der Straße treffen.

Immer wieder erzählt die Mutter stolz, daß Olivia auch in der Schule keine Probleme hat – sie ist nicht hervorragend, aber unauffällig im oberen Drittel, wie die Lehrer sagen.

Aber sie beklagen gleichzeitig, daß Olivia zu still sei. Sie paßt gut auf, das ja, aber sie paßt sich nicht gut in die Klasse ein, sie geht ihren Weg und sondert sich ab, sagen sie der Mutter vorwurfsvoll und geben Olivia in Betragen die Note befriedigend, als pädagogische Maßnahme.

Und die Mutter ist wütend. Du mußt dich besser anpassen, schimpft sie, alle halten dich für arrogant, und dann kann nie etwas aus dir werden. Denke daran, daß du auch immer wieder auf andere angewiesen sein wirst, also sei doch wenigstens etwas freundlicher und nicht immer so ernst, es geht dir doch so gut!

Olivia weiß nicht, was die Mutter und die Lehrer schließlich meinen, denn es kann doch nicht sein, daß sie sich von ihr gestört fühlen, aber vielleicht wollen sie umworben werden oder gar bewundert, denkt Olivia.

Wie auch immer, sie kann das nicht ändern, sie will es auch nicht, denn die Schule ist ihr gleichgültig. Sie versteht nicht, was man von ihr verlangt – also beschließt sie, es lieber beim alten zu belassen und während sie in Religion über die Auferstehung und das Jüngste Gericht sprechen, denkt Olivia über einige Zeilen von Swinburne nach:

From too much hope of living
From hope and fear set free
We thank with brief thanksgiving
Whatever Gods may be
That no life lives for ever
That dead men rise up never
That even the weariest river
Winds somewhere safe to sea.*

Das ist kurz vor dem Abitur, und danach ist Olivia froh, daß sie die Schule verlassen kann, denn diese »Pädagogische Maßnahme« erscheint ihr doch zu gespenstisch, zumal mit ihr niemand gesprochen hatte, bevor diese Maßnahme in Erwägung gezogen worden war. Ihr Widerspruchsgeist regt sich mit Vehemenz, insbesondere dann, wenn sie sich die

* Von zuviel Lebenshoffnung/Von Hoffnung und Furcht befreit/Danken wir mit kurzer Andacht/Den Göttern, welchen auch immer/Daß kein Leben ewig währt/daß niemand vom Tod aufersteht/daß selbst der müdeste Fluß sich irgendwo sicher ins Meer schlängelt.

hämisch grinsenden Gesichter ihrer Mitschülerinnen ins Gedächtnis ruft.

Die Mutter jedoch ist glücklich und hängt kühnsten Träumen nach. Sie sieht ihre Tochter schon als phantastische Ehefrau am Arm eines bedeutenden Ehemannes, strahlender Mittelpunkt gesellschaftlicher Ereignisse, was der Tochter den mühsamen Weg zum selbst erarbeiteten Erfolg ersparen würde und somit nicht das schlechteste wäre. Sie malt Olivia schon Bilder von einem herrlich sorgenfreien Leben – und Olivia schweigt.

Bis dahin könne die Tochter allerdings die Zeit nutzen, sich auf den Weg zum selbst geschaffenen Erfolg zu machen, räumt die Mutter ein – Forscherin zum Beispiel könne sie werden, und sie sieht ihre Tochter schon als eine zweite Marie Curie.

Olivia schweigt und fragt sich, worin liegt der Sinn, bedeutend zu werden oder einen bedeutenden Ehemann zu haben, und kommt zu dem Ergebnis daß sie den Sinn nicht finden kann. Außerdem hat sie bisher noch nie etwas getan, was sie selbst wollte – sie hat alles getan, was Mutter sich für sie vorstellte – wie das schwächste Schaf ist sie der Herde hinterhergestolpert, hat gefressen, wenn die anderen fraßen, hat geblökt, wenn die anderen blökten und geschlafen, wenn die anderen schliefen. Das kann nicht der Sinn sein – und wenn schon kein Sinn zu finden ist, wo ist hier dann die Liebe?

Den Sinn muß ich finden und vielleicht dann auch die Liebe, sagt sich Olivia.

Und eines Tages hat Olivia ein Kind. Allerdings hat sie dazu keinen großartigen, erfolgreichen Ehemann, noch nicht einmal einen erfolglosen.

Das Kind kam allein, und Olivia ist allein mit dem Kind, und die Leute sagen, welch eine Schande.

Denn den Fortschritt gab es nur in materiellen Dingen, und die Leute beschränkten sich darauf, all diesen Überfluß zu betrachten, der in den Jahren gewachsen war und der mehr war, als sie fassen konnten, von brauchen sprach schon lange niemand mehr, aber es mußte noch viel mehr werden, und dazu mußte die Ordnung stimmen. Es muß weitergehen, immer weiter und höher ist der Schlachtruf, denn Stillstand bedeutet Rückschritt, und viele wähnten sich schon angstvoll in der Steinzeit.

Da ist keine Zeit für fortschrittliches Denken, und außerdem ist das eine Frage von Moral und Ordnung. Schande, sagen die Leute und haben das von vornherein geahnt, ja gewußt, daß es so kommen würde, denn Olivia kann sich eben nicht anpassen.

Die Mutter sagt nicht: Schande. Die Mutter spuckt Haß.

Du hast alles, aber auch wirklich alles kaputt gemacht. Welche Mühe habe ich mir mit dir gegeben, alle Chancen hattest du! Mir hat der Krieg alles genommen, du solltest es besser haben, und was habe ich alles für dich getan, schreit sie und jammert, hätte ich dich doch nie geboren! Du undankbares Tier – nein, noch nicht einmal ein Tier kann man dich nennen, denn ein Hund beißt nicht die

Hand, die ihn füttert! Aber du, heult die Mutter auf und stürzt sich auf Olivia mit haßverzerrtem Gesicht und reißt an Olivias Haaren, bis ihre Kräfte erlahmen und sie sich erschöpft auf den Boden fallen läßt.

Raus! Ich will dich nie mehr wiedersehen, schreit sie mit letzter Kraft, ich habe keine Tochter mehr – meine Tochter ist tot!

Ihre Enttäuschung kennt keine Grenzen, und ihr böses Geschrei auch nicht, aber sie fühlt sich im Recht – jetzt, nachdem ihre Tochter ihr alles zertreten hat. Ihr kommt zu Bewußtsein, wie gern sie damals statt eines Klaviers doch ein Auto gehabt hätte; wie sie jeden Pfennig, den sie hätte für sich ausgeben können, für die Klavierstunden opferte, und dann auch noch die Ballettstunden, und wenn die Tochter neue Schuhe oder ein neues Kleid brauchte, dann hat sie selbst auf etwas Neues verzichtet – mein Leben, mein eigenes Leben habe ich für diese Tochter weggeworfen, schluchzt sie, und alles war umsonst.

Wo sind die Jahre hin, die Jahre meines Lebens, schreit sie Olivia an – wann habe ich gelebt, ich meine, wann habe ich für mich selbst gelebt – immer dann, wenn deine Wünsche erfüllt waren, und dann war für meine Interessen kein Platz und keine Zeit und kein Geld. Glaubst du nicht, ich hätte es nicht viel lieber bequemer gehabt – es war genug Geld da, aber für deine Ausbildung mußte gespart werden, dafür wurde das Geld ausgegeben, und ich hatte schon ein schlechtes Gewissen, wenn ich mir mal einen neuen Lippenstift gekauft habe oder mal im Café mir eine Tasse Kaffee und ein Stück Torte mit Sahne geleistet habe. Die aber hat mir dann gar nicht geschmeckt, weil das Geld dafür in meinem Plan nicht vorgesehen war!

Das ist es, dein Plan, sagt Olivia und wird das erste Mal in ihrem Leben heftig gegen die Mutter und schweigt nicht wie üblich. Dein Plan Mutter, dein Plan war mein Leben, und das Mutter, das hast du vergessen!

Habe ich gefragt, ob ich Klavierunterricht haben darf, habe ich gesagt, kauft doch lieber kein Auto und mir dafür ein Klavier? Nicht daß ich undankbar für die Klavierstunden bin, aber ich habe nicht danach gefragt und, vergiß das nicht, ich bin auch von dir nicht gefragt worden!

Ich hatte etwas Besonderes zu sein, das war dein Plan, und übersehen hast du, daß es mein Leben war, das du da verplant hast. Und ich, dieses Besondere hatte damit zu leben, daß ich für die anderen der »rote Affe« war und eigentlich auch immer geblieben bin. Das aber war dir egal, oder du hast es erst gar nicht wahrgenommen, denn du hast so getan, als wäre es dein Leben, das du da in deiner Tochter noch einmal neu anfangen konntest. Hast du mich gefragt, ob ich Ballettunterricht haben will?

Du hast entschieden, und ich habe alles gemacht, was du wolltest – oder kannst du dich etwa daran erinnern, daß ich mich jemals gegen deine Pläne gewehrt habe? Gut, ich hatte auch Vorteile, und ich würde lügen, wenn ich sagte, es hätte mir keine Freude gemacht, meistens machte es auch Freude.

Aber weißt du, was mir überhaupt keine Freude gemacht hat – das war die Erkenntnis, daß ich dein erträumtes Leben für dich zu leben habe –

als deine Stellvertreterin, die all das wird, was du, aus welchen Gründen auch immer, nicht wurdest. Mutter, ich wünschte, du hättest dir oft neue Lippenstifte gekauft und dir noch öfter im Café Torte mit Schlagsahne geleistet und mich in dieser Zeit wenigstens mein Leben leben lassen –

dann hätte sich für mich wahrscheinlich nicht so heftig die Frage gestellt –

wo ist es, mein Leben, und wo ist der Sinn.

Jetzt ist es passiert, und jetzt versuchst du noch nicht einmal, mich nach dem Warum zu fragen –

ich habe nicht dein Leben zerstört und auch nicht deine Hoffnungen, ich war es nicht –

die Puppe hat angefangen zu atmen und zu denken, und sie hat erkannt, daß jeder sein Leben nur selbst leben kann und damit werde ich nun endlich anfangen.

Und wenn du so weit gehst zu sagen, daß deine Tochter tot ist, dann, Mutter, dann irrst du schon wieder.

Du hattest nie eine Tochter, denn das, was du in deiner Tochter gesehen hast, das warst du selber, eine Mutter, die gleichzeitig ihre eigene Tochter ist – du hast neu angefangen zu leben, dir deine Hoffnungen und Wünsche zu erfüllen.

Deine Tochter, das warst du selbst – mich hast du nicht wahrgenommen.

Die Mutter, die bisher zusammengesunken im Sessel saß, völlig abwesend zu sein schien und Olivias lange Rede so widerspruchslos über und an sich vorbeiziehen zu lassen schien, hebt plötzlich ruckartig den Kopf. Was hätte ich denn davon gehabt, schreit sie, ich hätte doch nichts davon gehabt, wenn aus dir etwas Anständiges geworden wäre, es war doch nicht mein Leben – glaubst du, daß ich das nicht weiß.

Viel hättest du davon gehabt, Mutter, wenn du jemanden anderen für dich leben läßt, denn dann ist es sehr bequem – du bräuchtest nur die Früchte zu ernten.

Früchte ernten! Undankbar bist du, Olivia – du ahnst nicht, wieviel Sorgen und Gedanken ich mir um dich gemacht habe ...

Nicht um mich, Mutter, um die Erfüllung deiner Träume, denn sonst hättest du ab und zu einmal gefragt, wie geht es dir, Olivia, kommst du zurecht, bist du zufrieden, und was sagst du zu meinen Plänen? Aber das war für dich keine Frage. Und vergiß nicht, wie du dich oft genug darin gesonnt hast, wenn du mich nun endlich überredet hattest, deinen Freundinnen etwas auf dem Klavier vorzuspielen – dann warst du so unendlich stolz und rücksichtslos bis zur Angeberei. Aber du warst nicht stolz auf mich, sondern auf dich, denn es bedeutete, daß du wieder ein Stück weiter warst in der Verplanung meines Lebens, das du zu deinem gemacht hast. Und ich, ich blieb der »rote Affe«.

Ich werde gehen, Mutter, und keine Sorge, du wirst mich nicht wiedersehen, denn du würdest mich auch gar nicht erkennen ohne deine Träume von deinem Leben, das deine Tochter für dich lebt.

Deine Tochter oder besser das Kind, das du geboren hast, wird ihr Leben leben.

Olivia geht, und ihr Vater sagt – Olivia bleib. Ich verstehe euch nicht, aber versuche du doch, Mutter zu verstehen.

Nein, Vater, sagte Olivia, nicht nur Mutter hatte ihre Träume – in der Nacht nach Tobis Geburt träumte auch ich, und am Morgen wußte ich, zu welcher Entscheidung ich kommen muß, wollte ich jemals ein eigenes, mein Leben wirklich leben.

Ich träumte, daß Mutter ein Kind bekommen hat, und ich fuhr sie besuchen, wobei ich nicht weiß, weshalb ich das tat – vielleicht, um das Kind zu sehen, vielleicht, weil sie mich gerufen hatte.

Jedenfalls bin ich mir sicher, daß ich keinerlei Gefühle hatte, ich saß in der Eisenbahn und besah mir die Landschaft. Ich hatte mich auf den Weg gemacht, wie man zum Beispiel in ein Museum geht, um Bilder oder alte Möbel zu betrachten, alles Dinge, die zu einem selbst keinen direkten Bezug haben. Ich weiß nicht, ob du mich verstehst, aber anders kann ich das nicht ausdrücken für das Nichtvorhandensein von Gefühlen haben wir keine passenden Worte.

Als ich bei Mutter ankam, da war das Kind gestorben. Es lag noch in seinem Himmelbett, gesehen habe ich es nicht und hatte auch kein Bedürfnis, es mir anzusehen. Mutter befand sich auch in diesem Raum, aber ohne Trauer oder Tränen – sie bewegte sich in diesem Zimmer, als sei es ganz selbstverständlich, einen toten Säugling im Himmelbett liegen zu haben – nichts, das ihren Alltag hätte unterbrechen oder stören können.

Und ich hatte ebenfalls keine Gefühle und verhielt mich auch so, als sei nichts geschehen. Dennoch begann ich, mich um das tote Kind zu kümmern, und zwar machte ich mir Gedanken, und das in einer völlig sachlichen und selbstverständlichen Weise. Da sagte Mutter, daß sie einkaufen gehen wolle – nicht Lebensmittel, sondern Kleider, und da war es mir plötzlich wichtig, das tote Kind mitzunehmen. Eine Begründung für diese merkwürdige und ungewöhnliche Wichtigkeit gibt es nicht.

Das nächste Traumbild zeigte das Kind verborgen in einem Plastikbehältnis, das an einer Art Gestell, wie es sie für Rucksäcke gibt, befestigt war, und beides, Plastikbehältnis und Gestell, war rot, und Mutter zeigte noch immer eine vollkommene Interesselosigkeit, und sie hatte auch nichts dagegen, daß ich das Kind mitnehmen wollte.

Es war alles ganz normal – für sie.

So habe ich dann dieses Behältnis mit einem roten Geschenkband verschnürt. Es war eines dieser Bänder aus Kunststoff, die man mit einem scharfen Gegenstand, Schere oder Messer, teilen und zu Korkenzieherlocken drehen kann und das dann besonders aufwendig und festlich aussieht. Als ich das tat, hing das Behältnis über mir, und ich stand darunter mit erhobenen Armen und band Knoten und Schleifen und sagte dabei zu Mutter, das Kind muß beerdigt werden, es beginnt zu riechen.

Ich war also gekommen, um Mutters totes Kind abzuholen wie ein Geschenk und stellte dabei fest, daß ich es nicht behalten kann, sondern es begraben muß.

Da sah ich mich das erste mal in dem Raum um, in welchem wir uns befanden. Irgendwie erschien er mir leer, aber dennoch wie ein Kinderzimmer oder vielleicht auch wie ein Zimmer in einem Krankenhaus, denn ich erinnere mich, daß ich den Teil eines Bettes gesehen habe, wie sie in Krankenhäusern üblich sind. Und der Raum kam mir in seiner Kahlheit vertraut vor, vielleicht war es aber auch nur die Atmosphäre, die mir diesen Raum vertraut machte.

Dann haben wir diesen Raum verlassen und gingen zu Fuß durch eine Straße zu einem Bekleidungsgeschäft.

Ich trug das Gestell mit dem Behältnis, und Mutter ging neben mir her, und wir sprachen nicht. Es war übrigens eine sehr breite Straße in einer großen Stadt, und der breite Fußweg reichte kaum, um all die Menschen aufzunehmen, die uns entgegenkamen. Es war, als müßten wir durch diese Menschenmenge rudern wie durch einen übervollen Fischteich – in unsere Richtung ging keiner. Wir gingen trotzdem ungehindert und mühelos unseren Weg. So kamen wir in das Geschäft. Auch dort waren die Wände weiß und kahl. Dennoch machte das Geschäft einen düsteren Eindruck auf mich, es war vollgestellt mit unzähligen Kleiderständern, und diese waren behängt mit Kleidern und Mänteln.

Alles war wie immer.

Mutter besah sich die Kleider auf den Ständern wie immer, befühlte den Stoff, drehte das Preisschild in der Hand, begutachtete die Farben und ging über zu einem anderen Kleid. Und ich stand da und hatte noch immer das tote Kind bei mir, und ich begann mich unwohl zu fühlen.

Da bat ich Mutter, das Behältnis doch jetzt selbst zu nehmen, denn plötzlich wollte ich es loswerden – nicht etwa, weil es roch oder weil es mir zu schwer geworden wäre, sondern ich wollte es einfach nicht mehr haben, wollte die

Last loswerden, zurück an Mutter, und ich sagte ihr noch, daß ich jetzt gehen möchte, denn ich wollte weg, und zwar so schnell wie möglich.

Mutter war noch immer mit dem Aussuchen von Kleidern beschäftigt, und sie drehte sich um und sagte zu mir in vorwurfsvollem Ton, ich habe mich lange genug darum gekümmert, und was glaubst du, wie ich deswegen gelitten habe.

Was sie meinte, verstand ich nicht, wohl aber verstand ich, daß sie nicht bereit war, mir das tote Kind abzunehmen. Aber mir gehörte es nicht, und außerdem hatte ich das immer stärker werdende Bedürfnis, es wegzugeben, ich wollte es an Mutter zurückgeben und so schnell wie möglich das Geschäft verlassen.

Für Mutter aber war die Sache erledigt, sie besah sich weiter die Kleider. Ich wartete noch einen Augenblick, unsicher und unschlüssig, und stellte dann in einem unbeobachteten Augenblick, mit schlechtem Gewissen, das Behältnis an die weiße Wand neben einen der vollen Kleiderständer, so daß es nicht gleich zu sehen war.

Dann wollte ich das Geschäft verlassen.

Aber ich kam nicht raus. Immer wieder mußte ich mich zwischen den viel zu dicht hängenden Mänteln hindurchwühlen – es waren dick gefütterte Popelinemäntel, und mir war gar nicht aufgefallen, daß schon Winter sein sollte, denn als wir kamen, da war es heißer Sommer. Jetzt aber hingen sie im Weg, diese dicken Wintermäntel mit den steif und dick abstehenden Ärmeln, die immer und immer wieder wie Arme von Wächtern mir den

Weg versperrten. Schob ich sie beiseite, tauchten weitere Mäntel und Ärmel auf, und ich hatte das Gefühl, in die falsche Richtung zu laufen, mich immer weiter in das Geschäft hineinzuwühlen, statt zum Ausgang hin, denn es wurde dunkler und dunkler um mich herum. Ich gab jedoch nicht auf und geriet auch nicht in atemlose Panik, sondern kämpfte mich stetig und gleichmäßig weiter, und plötzlich wurde es heller.

Dann wachte ich auf und hatte die überglückliche Gewißheit, daß ich den Ausgang doch noch erreicht hatte und rausgekommen war.

Ich fühlte mich geboren, und ich fühlte mich frei.

Begreifst du das, Vater, Mutters Tochter mag tot sein, aber ich lebe!

Der Vater sagt, du kannst dich immer an mich wenden, wenn du nicht weiter weißt und läßt Olivia mit tiefem Bedauern ziehn.

Olivia geht mit ihrem Sohn, und sie hält den Atem an und hört Kakuniks Lebensmusik, und Olivia ist glücklich, denn dieses Kind Tobi ergibt einen Sinn, und es ist die Liebe – ich habe alles, sagt sie sich.

Olivia sitzt mit Tobi in der billigen Dachkammer, die ihr ein altes Ehepaar gegen die Zusicherung vermietet hat, daß Olivia ihnen im Haushalt helfen wird. Eine Dachkammer mit einem großen Fenster und dem Ausblick auf den Park gegenüber der Straße – dafür gibt es nur einen Wasserhahn und zwar auf dem Flur, die Toilette ist einen Stock tiefer, und wie man mit Ofenheizung umgeht, das muß Olivia erst noch lernen.

Olivia sitzt neben Tobis Bett und zählt ihre Ersparnisse.

Viel ist das nicht, sagt sie zu Tobi, der schon eingeschlafen ist. Aber mit dem Unterhalt von deinem Vater (viel ist das auch nicht, denn Tobis Vater verdient fast nichts) müßten wir das eigentlich schaffen. Zur Not kann ich mir noch Putzstellen suchen und Klavierunterricht geben – für Anfänger müßten meine Kenntnisse reichen.

Und wenn ich mit dem Studium fertig bin, dann ist die Zeit der Armut vorbei – glaub mir Tobi, wir schaffen das schon.

So einfach ist das dann doch nicht. Tobi wächst und braucht neue Sachen und immer wieder größere Schuhe und muß gut ernährt werden. Olivia hätte auch gern einmal ein paar neue Sachen für sich gekauft, vor allem einen Wintermantel, aber Wintermäntel sind teuer. Wenn Olivia mit Tobi durch die Straßen geht und die Auslagen der Geschäfte betrachtet, dann sagt sie sich, welch ein reiches Land ist das doch und kann sich nicht vorstellen, daß sie auch dazu gehört.

Wenn Tobi die Bilderbücher in den Auslagen bestaunt, dann ist dafür kein Geld vorhanden, und Olivia malt ein ganzes Heft voll mit Häusern, Äpfeln, Birnen, Autos und Zwergen.

Tobi wächst heran und ist ein ernstes Kind – er kennt alle Märchen auswendig, die Olivia ihm erzählt hat, er kann Gedichte aufsagen, die Olivia, als alle Märchen hundertfach erzählt waren, ihm vorgetragen hat, und er kennt den Inhalt vieler Bücher, die eigentlich für Erwachsene geschrieben wurden, weil Olivia nicht anderes als ihre Bücher zum Vorlesen hat.

Olivia geht unbeirrt ihren Weg, und auf diesen Weg nimmt sie Tobi mit und sonst niemanden, und sie schenkt Tobi ihre Zeit, und manchmal, da hält sie den Atem an und hört Kakuniks Lebensmusik.

Dann aber hätte das Leben beginnen sollen, sich über Olivia Gedanken zu machen – aber dazu sieht das Leben keinen Grund. Denn Olivia ist erfolgreich, sie ist zäh und zwingt den Schwierigkeiten ihren Willen auf – und das Leben läßt sich täuschen.

Olivia aber täuscht sich nicht. Sie weiß, daß der Sinn, den sie suchte, begrenzt ist auf die Zeit, in der Tobi sie braucht und daß ihr zu einer weiteren Suche nach Sinn die Kraft fehlen würde.

Nein, Olivia täuscht sich nicht wie all die anderen, die sie plötzlich bewundern und ihr den Erfolg neiden – sie läßt sich nicht täuschen wie das Leben, das sich sagt, jetzt ist alles gut.

Tobi kann jetzt ohne mich leben, stellt Olivia eines Tages fest – ob das richtig ist, weiß sie nicht, und sie fragt auch Tobi nicht, denn der Weg ist zu Ende.

In einer klaren Nacht, in der die Sterne leuchten, wie das nur selten geschieht, hält Olivia den Atem an und hört Kakuniks Lebensmusik. Dann öffnet sie das Fenster und springt vier Stockwerke hinunter in die Tiefe.

Viele fragen sich entsetzt nach dem Warum, und viele fragen, wer ist schuld.

Niemand ist schuldig, sagt Olivia, es gibt keine Schuld.

Der Pfarrer spricht noch immer mit dieser angenehmen, so gar nicht salbungsvollen Stimme. Aber durch unsere Unterhaltung sind mir die meisten seiner Worte entgangen. Andererseits – ich brauchte gar nicht hinzuhören, denn sehr schnell war deutlich, daß er das, worauf ich wartete, nicht sagen würde.

Aber er meint es gut mit dir, Papa – sehr gut sogar, und ich bin sicher, er würde dich unbeirrbar begleiten – durch Wüsten und Eismeere und durch Dantes Inferno – er würde dein Wegkreuz sein, dein Gefährte, deine Last, dein Retter und auch dein Narr.

Du sagst, solche Pfarrer gibt es selten, und ich glaube, du hast recht – andere scheint nur die Frage zu interessieren, wie sie selbst in das kommen, was sie den Himmel nennen, und damit haben sie es noch nicht einmal eilig.

Diesen Himmel habe ich mir immer vorgestellt wie die Erde – die Erde in der Luft, und die Wolken als Boden, und die Menschen auch wie auf der Erde. Die einen haben große Wolken, vielleicht sogar mit Balkon und griechischen Säulen – Menschen mit goldenen Flügeln und edlen Gewändern aus Samt und Seide, bestickt mit Edelsteinen.

Die anderen haben Wolken, die so klein sind wie Bettvorleger, und sie haben zerzauste Flügel, wenn für sie überhaupt noch welche übrig sind, und sie laufen in zerlumpten Gewändern umher – und an ihrer Armut braucht nichts geändert werden, denn sie sterben nie.

Alles wie gehabt – die einen gut, die anderen schlecht. Und ich habe mir gesagt, daß es dann noch einen zweiten und einen dritten und vielleicht sogar einen vierten Himmel geben müsse, wo wieder die besonders guten von den normalen und diese von den schlechten Menschen getrennt werden und immer so fort, und dann noch die Hölle für die besonders schlechten und die widersprechenden.

Und ich war mir sicher, daß ich in den verschiedenen Himmeln niemals Kakunik finden würde.

Ihn mußte ich in meiner Lebenszeit hier finden, wenn ich jemals die Sterne erreichen wollte, um herauszufinden, wer nun eigentlich diese Sterne poliert.

Und ich fand Kakunik.

In der Welt der Phantasie.

In der Welt der Liebe.

In der Welt der Gefühle.

In der Welt der Gedankenmeere.

Ich fand ihn dort, wo der größte Reichtum, unkäuflich und unverkäuflich, für uns Menschen verborgen liegt.

Und dort, Papa, dort fand ich auch den Sinn.

Und glaube mir, es ist doch nicht der Hofnarr, der uns geschaffen hat – es ist die Weisheit.

Die Weisheit hat uns auch gesagt, ich gebe

euch als Schlüssel das Wort »Freiheit«, und wenn ihr diesen Schlüssel richtig benutzt, dann findet ihr den unermeßlichen Reichtum des Lebens.

Und Kakunik hat mir erzählt, daß es die Lebensmusik ist, die zu diesem Reichtum führt. Und die hat er gefunden, als er die Wolken auf ihrem Zug nach Irgendwo begleitete, als er die Vögel an ihrem Gesang erkannte – eine Sprache sprechend, die auch die seine ist, als er durch die Wälder streifte, die Rinden der Bäume mit seinen Fingern berührte und das Leben darin pulsieren fühlte, und er der Freiheit und dem Reichtum immer näher kam.

Du sagst, du weißt, wovon ich spreche. Du sagst:

Es ist gut, daß du gekommen bist, denn ich war überzeugt, daß ich dich nicht wiedersehen würde, und das hat mich belastet, und ich habe mich gefürchtet und in die Vorstellung gerettet, wenn ich tot sei, würde alles ein absolutes Ende haben. Glaub mir, das Sterben war schwer, so ganz ohne dich, und ich habe mir vorgestellt, du wärst da, und ich habe deine Hand genommen und gesagt, du bist meine Tochter, du tust mir gut.

Ich weiß das, Papa. Denn obwohl wir hier auf der Erde die Gedanken der anderen nicht lesen können, so gibt es doch Gedanken, die so laut gedacht werden, daß sie hörbar sind – das ist er, der Fluß, gefüllt mit dem Wasser gemeinsamer Gedankenströme.

Der Pfarrer hat aufgehört zu sprechen. Alle erheben sich und sprechen ein Gebet.

Laß uns gehn, Papa.

Unsere Wege werden sich hier wieder trennen, aber unsere Gedanken werden verbunden bleiben, und das ist es wohl, was die Menschen die Ewigkeit nennen.

Wer poliert die Sterne, Papa, werde ich dich irgendwann einmal wieder fragen.

Kakunik poliert die Sterne, da kannst du sicher sein, wirst du antworten, und das wird mich überzeugen.

Von derselben Autorin ist bereits im
R. G. Fischer Verlag erschienen:

Eine diskrete Art des Seins
140 Seiten. Paperback DM 22,00.
ISBN 3-89406-673-3